KB273455

어떤 봄날

윤혜진 산문집

반달뜨는꽃섬

어떤 봄날

떡갈나무 잎이 고운 빛으로 번져가는 가을 오솔길을 걸을 때면 지나온 수많은 날들이 잔잔한 결로 되살아납니다. 한 걸음, 또 한 걸음을 내딛으며 때로는 나뭇가지에 걸려 멈춰 서고 모래톱에 발이 잠겨 속도를 늦추고 바위에 부딪혀 방향을 달리하며 바람에 떠밀려 잠시 흔들리기도 했습니다. 그렇게 쉼표와 마침표 사이를 오가듯 더디게 걸어온 길 위에서 문득 돌아보면 제 곁엔 늘 조용히 켜켜이 쌓인 사유의 그림자들이 있었습니다.

그 사색의 잔편들이 어느 날부터인가 조약돌처럼 반짝이며 컴퓨터 화면 속에 오종종 모여 앉기 시작했습니다. 때로는 흐린 마음을 비춰주는 작은 거울이 되고 때로는 언어의 물결 속에서 제 삶의 결을 드러내는 부표가 되어주었습니다. 그 조각들이 이제 더 넓은 세상으로 나아가고자 용기를 내는 순간이 찾아왔습니다.

문학 앞에 한 번 진심으로 서보고자 문턱을 넘었던 곳은 동서대학교 문학아카데미였습니다. 그 교실에서 저는 오래 묵은 꿈을 다시 꺼내어 손끝에 올려놓는 법을 배웠습니다. 시를 쓰는 일이, 산문을 적는 일이, 제 삶의 가장 깊은 자리를 건드리는 일이란 것을 그곳에서 알게 되었습니다.

그 시간을 견디고 건너는 동안, 시집『수국이 피었다』외 두 권을 세상에 내어놓았고, 산문집『어떤 봄날』은 한국예술인복지재단 창작지원사업(디딤돌)의 귀한 도움으로 탄생했습니다. 혼자 걷는 길처럼 보이지만, 사실은 많은 손길과 마음이 건네준 빛 덕분에 여기까지 오게 되었음을 알고 있습니다.

이 책 또한 그동안 쌓아 올린 조용한 시간의 결실이자, 앞으로 더 깊은 문장으로 나아가기 위한 작은 다짐입니다. 어느 계절, 어느 자리에 계시든 이 책을 펼쳐주신 당신께 따뜻한 마음을 전합니다. 걸어온 길의 모든 순간에 함께해 주신 분들께 깊은 감사를 드립니다.

2025년 가을
시랑로에서 윤혜진

목차

3부 작은 그리움

제1부
바람이 가는 길

어떤 봄날

버스에 내려서 좁은 지하도를 약간 걸어 내려가니 눈앞에 광활한 벌판이 펼쳐지고 널따란 체육공원이 보인다.

먼 하늘가엔 황사인 듯 탁하고 뿌연 허공이 눈을 조여오고 맑지! 않은 바람도 반갑지 않게 분다. 웬 이런 곳에서 만나자고 했는지!

약간 을씨년스러운 분위기를 느낀다. 2차로 걸어서 오는 팀을 기다리는 시간을 활용해 미리 준비해 온 칼을 들고 쑥을 캐러 밭둑을 찾아나섰다. 그러나 쑥은 보이지 않았다. 너무 이른 탓인지, 아니면 쑥뿌리가 어떤 개발 속에 다 묻혀버렸는지 그런데 어떻게 가뭄에 콩 나듯, 한두 잎이 희뿌옇게 희망을 찾아 주었다. 아니 칼의 입맛을 당겨 주었다.

쑥은 포기하고 청보리 사이로 어렸을 적 보았던 밭 나물을 따라 밭고랑으로 들어갔다. 마치 암꿩이 알 자리를 찾아 들어가듯 사부작사부작 날개를 접고 밭이랑을 헤맸다. 꿩 알 대신 나는 나물을 꿩 알 줍듯 귀하게 캐 담았다. "사월의 풀은 임금 수라상에 오르고,

"오월의 풀은 백성들 밥상에 오른다고 했다. 그만큼 사월에

나는 새싹들은 우리 몸에 좋은 신토불이 먹거리지 싶다.

　저쪽에 붉은 차양 모자를 둘러쓰고 있는 모자 회원 옆으로 갔다. 그녀는 한자리에 앉아 마른 땅을 파듯이 쑥 뿌리 몇을 보고 노다지라도 본 듯 계속 흙을 후벼 캐고 있다. 또 몸집이 좋은 한 회원은 그런 정도는 반 눈에도 차지 않는지 한 잎 두 잎 칼로 쑤신 듯 만 듯하고, 건성건성 마른 땅처럼 걸어 다닌다. 모자 회원은 마른 땅에서 물을 퍼 올리듯 이른 봄 귀하게 난 쑥을 제법 비닐 바구니에 캐 담았다.

　모자 쓴 회원처럼 쑥을 캐야 이른 봄 한 끼니 쑥국이라도 끓여 먹을 수 있다. "그 쑥 캐는 솜씨 보니 시골에서 자랐지요.? "예, 어렸을 적에 쑥을 좀 캐 봤지요. 성품이 찬찬하고 손끝도 야무지다.

　쑥 캐는 모습을 보면 그 사람의 성품이 엿 보이는 것 같다. 덜렁덜렁 대충케는 급한 사람, 차분하고 꼼꼼하게 캐는 사람, 자랄 때 일을 하고 자랐는지, 편하게 자랐는지 알 수가 있다.

　이른 봄에 캐는 쑥은 봄바람 따라 이리저리 휘젓고 다니면 바구니가 차지 않는다. 가만가만 앉아서 캐는 바구니는 파릇파릇 쑥이 차오르고 건성건성 다니는 바구니는 항상 봄볕에 불이 나서 아지랑이나 아롱아롱 피워 올린다.

　걷기팀에게서 연락이 왔다. 거기서 한 길로 나와 택시를 타고 다대포로 오라는 전달이다. 참 이럴 수가 원래 집합 장소는 체육공원이고 점심은 재첩국이었는데 물론 장소를 그쪽으로 변경한 사정도 있겠지만, 갑자기 뭐가 오뉴월 단술처럼 변하는 눈치였다. 몇 번의 폰이 귓속을 후비고서야 이왕에 나선 거니 하루를 채우기로 하고 일행은 택시를 잡아탔다.

다대포 96번 종점 택시가 도착하자마자 무슨 귀빈이라로 맞이하듯 걷기 팀장이 택시요금을 재빠르게 지급하고 먼저 간 팀원들이 쭉 서서 우리를 반갑게 맞아 주었다. 순간 올까 말까 하고 망설이다가 긴 시간을 할애하고 온 피곤이 시원하게 풀리는 것 같았다.

방 한구석엔 하루를 예약한 소풍 가방들이 울긋불긋 피곤한 여행자들처럼 벽에 기대고 옹기종기 모여 있고 쑥 나물 바구니들도 산골 아가씨처럼 다소곳이 앉는다. 돌아다보니 건성거리며 다니던 쑥 담은 비닐봉지는 거의 비어 있다.

그 중 나물 담긴 비닐봉투가 제일 초록빛이 돋보였다. 아 !! 부러워하는 저 눈빛들 " 어머나 누구는 바위 위에 갔다 놔도 안 굶어 죽겠구먼, 거듭 되 내이는 소리가 들린다.

저 나물이 저녁 밥상에서 맛있게 비빔밥으로 거듭날 뉘 집의 밥상을 생각하니 광고에서 본 어느 간장 아줌마보다 더 샘이 나나보다. 솔솔 봄바람 부는 날,

차창 밖 언덕에 위험스레 피어 있는 진달래가 왠지 더 처절하게 고와 보이고 예쁜 까닭은 위험스레 갓길을 길어가는 한 여자가 더 아름답고 멋있게 느껴지는 것은

닭보다 꿩 맛 같은 즐거운 봄날 때문이다.

옥상의 여름

　태풍 콩레이가 지나간 옥상에 올랐다. 전날 밤 대추나무에 대추가 떨어지지 않게 마음속으로 가지들을 꼭 붙들고 그저 무사하기만 빌었는데 조금은 떨어졌지만, 그 간곡함이 어긋나지 않았다. 주렁주렁 달린 열매들이 나 여기 살아 있다고 반가운 눈짓을 보내는 것 같다. 그 녀석들에게 밥을 주기 위해서는 비가 올 때면 빗물을 큰 통마다 받아 놓아야 하고 수돗물도 미리 받아 정화 시켜야 한다.

　그 물을 생명수로 바라고 있는 식물들은 조금만 늦게 줘도 시들해져 노여움을 탄다. 한여름 그 애들을 달래기 위해서는 조석으로 꼭 물을 줘야 한다. 아침에도 이놈 저놈 물을 주다가 으슥한 곳에 앉아 있는 애호박 하나에 눈이 마주쳤다.

　반가운 소식처럼 활짝 웃는 호박꽃 사이로 벽돌 하나를 괴주고 나니, 또 하늘을 향해 배꼽을 드러낸 어린 호박이 눈에 띈다.

　"이거 웬 횡재야"! 쌍둥이 호박이 한 탯줄에 매달렸다. 이란성이 아닌 일란성인 애호박은 1, 2분 사이로 테이닌 흡사 신생아실에서 본 어느 쌍둥이와도 같다.

큰 통에다 심은 나무는 지분이 약하기 때문에 들이나 산에서 자라는 나무와는 달리 항상 응급환자처럼 보살펴야 그래도 가을에 익은 통통하고 달콤 아삭한 햇대추를 맛볼 수 있다. 추석쯤이면 옥상을 오르내리며 조석으로 비타민 한 알씩 따 먹고 다니는 기분이다.

엄마가 아이를 키우는 보람처럼 그 노고도 대추 알 속에서 달콤하게 녹는 듯하다. 가끔은 왜 이런 수고를 해야 하는가, 반문할 때도 있다. 이리치고 저리치면 물값이 더 든다. 그래도 해야 하는 이유는 심었으니 가꾸고 거둬야 하지 않겠는가. 잘 열린 대추를 이웃과 나눠 먹는 재미 또한 쏠쏠하거니와 거기서 얻는 가을 추수의 희열을 맛보아야 하지 않겠는가!! 그 희열 속에서 또 내 삶이 신나지 않겠는가.

대추나무에 물을 준다. 잎도 펴지고 열매를 만지니 손끝에 시들한 감촉이 온다. 여름날 조금만 방심하면 일 년 농사 망치는 꼴이다. 그 물을 먹은 녀석은 다시 생기를 찾고 일어나서 기지개를 활짝 켠다. 물은 약이고 곧 생명이다. 물은 가시도 없고 괭이도 없고 오기도 없다. 온전히 낮고 낮은 자세로 흐르는 겸손이다. 죽어가는 사람에게도 저런 명약이 있었으면 좋겠다. 대추나무가 물을 먹고 벌떡 일어나듯이 말복이 지나고 모기 입이 비틀어진다는 처서가 지나도 올여름 더위는 물러설 줄 모르는 모기가 앵앵거린다.

밤에 이슬이 내린다는 백로가 돼서야 드디어 선선한 바람이 옥상 문을 열고 들어선다. 예전에는 초가집 뜰이 퍼서지고 놀이터다. 그 놀이터에서 아이들과 멍석을 깔고 청청한 밤하늘에 잔별을 세며, 은하수를 건너 여름밤 하늘을 흘러가기도 했다. 지금은 슬러브 옥상이 그 역할을 대신하지만, 이제는 하늘도 희미해졌는지 밤하늘의 별이 또록또록 하지 않다.

어렸을 적 칠월 백중 보름날 저녁밥을 먹고 마당에서 옥수수를 먹으며 마른풀에 매캐한 모깃불을 쐬고 있으면 초가지붕 하얀 박꽃 위로 살짝 서늘바람이 지붕을 스쳐 넘어가면 무더위가 한 발 물러간다고 하였다. 대기오염과 온난화가 너무 심해서인지 올 백중에는 서늘바람을 아무리 기다려도 불어오지 않고 무더위만 펄펄 끓는다.

너무 더워서 추억을 많이 남긴 여름이 이젠 계절 앞에서 긴 꼬리를 내린다. 옥상의 여름도 무성한 잔치를 끝내고 알알이 익어가는 가을을 맞아 부산하다. 나도 나의 가을을 찾아 옥상으로 가야겠다.

해운대

　해마다 팔월 휴가철이면 나는 해운대 해수욕장을 찾는다. 달력을 보고 양력 사이에 조그마하게 쓰인 음력 숫자를 살핀다. 조수간만의 차이가 가장 낮은 때인 매달 음력 초여드레와 스무사흘이 조금 때다. 그래서 조금 때와 사리 때를 찾는 것이다. 조금 때는 방천 밑에까지 물이 찰방찰방 밀고 들어와서 작은 배들과 물고기들이 마당놀이를 한다. 해종일 파란 물결이 넘실넘실 춤을 춘다. 사리 때는 물이 갯것을 할 수 있도록 물이 바다로 빠져나간다.

　몸에 갱 물도 한 번 적시고 그때처럼 헤엄이 잘 쳐 지는지 시험도 할 겸 해루쯤 떠난다. 보름 일곱 물과 그믐 일곱 물, 여덟 물, 아홉 물 그리고 오후 늦게 겨우 빠져나가는 열물까지는 갯것을 할 수 있다. 생리 날을 계산하듯 그즈음을 계산해서 가면 적당히 물이 빠져나가고 물놀이와 동시에 반찬거리도 따온다.

　바캉스 업체가 세워둔 파라솔 아래 바다를 즐기러 온 피서객들이 한가득하다. 기후변화 때문인지 요즘은 한여름이 되어도 바닷물이 차다. 해변가의 모래도 은빛 바닷모래는 어디로

다 사라지고 어디서 퍼온 건지 흘러온 강모래인지 누르스름하다. 그래서인지 모래도 낯설고 정이 가지 않아 저 한쪽 구석으로 가면 옛날의 추억을 더듬을 수 있는 곳이 있다.

거기서도 나와 같은 사람도 있고 체험 학습을 나온 젊은이와 해양 학습을 하는 학생들도 더러 있다. 철 지난여름 바닷가에는 미역이니 파래는 없다. 고둥이나 성게를 잡는답시고 자갈과 바위를 온통 뒤집어 놓는다. 어! 아가씨, 학생! 돌을 뒤집었으면 다시 엎어놓는 게 자연을 보호하는 거예요. 네! 하고 대답은 하지만 실천은 별로 하지 않는 것 같았다.

연안 바닷가가 오염 된 데다 많은 사람들이 북적거리니 해초와 해물들이 어떻게 살아남을 수가 있겠는가. 여기저기 훑어봐도 고둥은 아예 보지 못하고 보말과 군부를 조금 땄다. 얼마나 많은 사람들에게 수난을 당했으면 이렇게 바위 밑이 텅 비었을까. 바다가 내 후손들이 사라질 것 같다고 구시렁거리는 것 같아 마음이 찡해온다.

옆에서 누가 그걸 어떻게 해 먹느냐고 묻는다. 끓는 물에 살짝 데치고 찬물에 헹군 다음, 껍질을 잘 제거해서 생 무채나 미나리로 회무침을 해 먹으면 맛있다고 전했다.

밀물시간이 임박해 오는지 물살이 바쁘게 서둔다. 썰물보다 밀물은 물살이 더 세차다 그 세찬 물결에 쫓겨 사람들은 집으로 가는 길에 오른다. 갯것을 따서 담은 비닐봉지가 가볍다. 저녁 밥상에 차려질 회무침 한 접시가 그리워지는 눈빛으로 밀려오는 파도를 힐끔 돌아다본다. 고둥껍질 속으로 들어가는 게처럼 나도 갯바위 밑에 펴 놓은 파라솔 안으로 슬쩍 들어간다.

코로나19의 터널을 지나고 25년 8월 어느 여름날 다시 해운대로 갔다. 해운대역 5번 출구에 내리니 앞에 펼쳐지는 넓은 한길 코로나19를 지나온 올여름 그전과는 아주 다른 해수욕장 가는 길이다. 길 중앙은 아주 환하게 인도가 잘 돼 있고 양쪽 갓길은 차가 다닌다. 오랜만이라 한참을 살피며 걸어서 백사장 입구에 섰다. 안으로 들어가니 근처 환경 변화가 많이 일어났다. 우선 그전에는 사람들이 인산인해를 이루웠는데 지금은 아니다. 그저 휑하다. 어쩌다 가끔 사람이 보인다. 비키니 입고 거니는 해변의 여인도 안 보인다. 모래도 색깔이 다르다.

신발을 벗고 바닷물에 발을 담그려고 모래를 밟고 걸었다,

앗! 뜨거. 그래도 걸었다. 그런데 모래 턱이 꽤 높았다. 그전처럼 자연스럽게 바닷물을 밟을 수가 없었다. 노약자 어린이에게는 부담스러웠다. 백사장 저 쪽 호텔 담 밑으로는 그때는 원초의 해변이 있어, 그냥 민초들이 입은 옷에 텀벙텀벙 들어가 부담 없이 바닷물을 만끽하고 물놀이를 즐겼는데 나도 그중에 한 사람이었는데 이제 세상이 인정머리 없이 변해버렸다.

한 곳도 자유로운 틈새가 없이 민물 모래 누런 모래 둑을 쌓고 파라솔을 마치 논에 모 심듯이 총총 꽂아 놓았다. 이래노니 삭막한 백사장에 그들만의 여름 축제지 그 많던 사람들은

다 어디 가고 어쩌다 보이는 몇몇 사람들과 아이들 그리고 젊
은 외국인들 해수욕장은 적막이 감돌고 빈 파라솔만 뜨거운
땡볕 아래 줄을 서 있다.
　주변 건물들은 많이 변하고 세련된 모습은 어느 나라 해변
못지않게 아름답고 멋지지만 아무리 생각해도 황혼빛에 물 들
은 해변의 여인 모습과 여름 바다의 낭만을 느낄 수 없다.

　그래도 해운대가 좋다.
　흰 구름 둥둥 떠가는 푸른 하늘이 좋다.
　파란 물결 파도가 넘실거리는 새파란 수평선이 좋다.
　파라솔 총총 꽂아 놓은 드넓은 백사장이 좋다.

고향

내가 태어나 자란 곳은 저 남쪽 바다 금오도라는 섬이다. 어려서부터 보고 느끼고 자라온 바다는 나의 든든한 버팀목이자 친구다.

그 안에는 소꿉친구도 있고 10리 길을 멀다 않고 6년을 다닌 초등학교 길도 있다. 초등학교 5.6학년 때, 학교 오가는 산골길을 걸으면서 뒷동산에 올라가 할미꽃도 따고, 보리수 정금 놈빱 방망이 열매도 따 먹고, 그중 봄이면 명감을 한 줌씩 따서 사카린 한 알씩 넣고 입안에서 씹어 대면 새콤달콤 지금도 입 안에서 신맛 섞인 추억이 돋다.

떠다니는 말에 의하면 그건 먹으면 몸에 안 좋다고 하지만 그 시절을 살아온 사람들은 설탕이 귀한 시절이라 여름이면 시원한 샘물 길어다 국수도 말아 먹고 밥도 말아 먹고 살았다.

너럭바위에 모여 앉아 공돌 받기도 하고, 땅바닥에 자리를 잡고 앉아 공치기, 고무줄놀이, 땅 따 먹기, 딱지치기 등 온갖 놀이를 다 하며 놀다가 집에 와 보면 저녁놀이 빨갛다. 그래서 어른들한테 혼난적도 많다.

어느덧 어른이 되어 고향에 가 보면 나는 이렇게 어른으로 성장해 왔는데 고향의 산과 바위와 골목길, 염소 풀을 먹이던 오솔길, 동백나무숲은 왜 그리도 작게 보이는지!

고향은 옛날의 순수한 고향이 아니다.

섬에는 낚시꾼들 바지선이나 여객선이 싣고 온 차들이 온 섬을 달리고 있다.

산허리 논밭에는 찻길이 나서 옛날과 다른 고향을 본다. 그때는 십 리고 오십 리고 무조건 걸어야 만 목적지에 갈 수 있었던 아날로그 시대, 모든 것이 빠르고 편리한 디지털 시대도 좋지만 그래도 나는 그런 시대에 태어난 게 더 행복했다고 느껴진다. 그건 이렇게 아름다운 추억들을 데리고 올 수 있으니까.

몇 년 전 초등학교 모임에서 봉고차로 고향을 한 바퀴 돌아온 적이 있다. 학우들이 태어나고 자란 곳, 본교 여남초교에는 컴퓨터 한 대를 전하고 학우들이 자란 동네 경로당마다 밀감 한 박스씩 선물하면서 고향 구석구석을 자세히 살펴보았다.

자연 그대로 섬으로 남겼다는 주민들의 목소리로 인해 연륙교가 없는 청정 바다와 산이 있다.

아직은 때 묻지 않은 고향 땅이 자랑스러웠다. 함구미 비렁길을 등산하고 초포 바닷가 맛집에 가서 바다 향 물씬 나는 따개비 회며 홍합미역국을 맛있게 먹고 즐겁게 돌아왔다는 선배 이야기.

　지금도 고향을 떠올리면 고향의 모습과 함께 고향에 대한
그리움이 어린 시절 친구들의 모습과 함께 애틋한 추억이 되
어 아련히 떠오른다.

감 나 무 집

도심 길은 이제 끝이 나고 마을 길로 접어들었다.

사람들이 웅성대는 오색찬란한 야경도 눈앞에서 사라졌다. 촌가를 뒤흔들고 지나가는 시골 버스 소리와 간간이 지나가는 사람들뿐, 마을 길은 사뭇 한가하기만 하다. 지금 우리는 학산 마을에 있는 감나무 집을 찾아가는 길이다. 대지 위엔 땅거미가 내리고 하늘에는 조각달이 구름 떼와 둥둥 떠가고 그 떠가는 달이 만드는 강 위의 그림자를 바라보며 한참을 달렸다.

마산에서 U-턴하여 구마고속도로를 달려온 우리 일행의 차는 창녕 입구 체인지에서 합천 국도 쪽으로 핸들을 돌려 초등학교 운동회 때나 본 조그마한 개선문 같은 작은 터널을 지나 학산 마을에 다다랐다.

늦가을 밤 시골의 정취는 어둠과 흑 냄새로 온 천지를 진동시키기에 충분했다. 맨 처음 집 뒤 텃밭을 찾았다. 어둠 속을 헤치고 몇 달 전에 뿌려놓은 씨앗들을 살피러 간 것이다.

열무, 당귀, 감자, 배추, 상추 그런데 웬일일까?

그것들이 하나도 제대로 자란 것이 없었다.

주인의 보살핌이 없어서일까?

사람이나 식물이나 진정한 보살핌과 관심이 없이는 좋은 열매를 거둘 수 없다는 것을 새삼 느꼈다. 거리가 멀다 보니 그곳에서 얻는 채소보다 차비가 더 많이 든다는 이유로 마음은 한량없지만 자주 왕래하지를 못한다.

허름한 집안으로 들어서니 하우스를 하면서 살고 있는 오십 줄에 앉은 두 내외가 우리 일행을 반갑게 맞아 주었다. 등기상의 주인은 아니지만 사실상 그 집의 주인은 그네들이다. 가끔 주인이 한 번씩 가면 주인은 객이 되고 객은 주인이 되어 그 집의 모든 것을 허락받아 사용해야 하는 아이러니한 일들이 더러더러 일어난다.

사촌 언니와 나는 큰 감을 따 홍시를 만들고 곶감을 만들어 먹겠다는 부푼 꿈을 차에 싣고 손님을 넷씩이나 거느리고 그곳 아주머니 댁을 쳐들어가다시피 아무 예고 없이 들어갔다. 그 대가로 읍내에서 사 온 라면이며, 과자, 음료수를 그 댁에 듬뿍 안겨 주었다.

부엌에서는 부산에서 온 식구들을 위하여 밥을 차리고 간식을 내오고 야단법석이었다. 그중 꿀에다 볶은 들깨를 버무려 잠재워 두었다가 꺼내온 간식은 지금도 입안의 군침을 돌게 한다. 사촌 언니, 차를 몰고 간 조카, 둘째 현민이 그리고 나, 모두가 그 댁 두 내외와 어우러져 밤이 저무는 줄도 모르고 정다운 밤을 보냈다.

다음 날 아침 눈을 떴다.

붉은 아침 해가 바로 몇 미터 앞에서 떠올랐다.

방문을 열고 마당을 나서니 도회지에서는 느낄 수 없는 풀과 흙이 어우러져 가미된 풋풋한 냄새는 콧속을 상큼하게도 휘저었다.

정말 기분이 상쾌했다.

이런 맛에 사람들은 전원주택을 원하고 나 또한 원했는데, 아직은 이곳에 와 살만한 모든 여건이 맞지 않는다.

언젠가는 돌아가리라 생각하며….

아침 일찍 우리는 집 울타리가 되어있는 감나무를 찾았다.

그 해는 감이 참 풍년이어서 감나무마다 감이 주렁주렁 가지마다 붉은 얼굴을 내밀고 '나를 따가세요'하는 듯했다. 긴 장대를 챙기고 담을 바구니를 챙기고 감을 따기 위한 준비를 다 마쳤다.

그런데 웬걸 ———

기대가 크면 실망도 크다고, 지난번에 남편과 와서 따고 남겨 놓은 그 감은 다 어디로 가고 빈 가지에는 적막함만 달려 있었다. 높은 꼭대기 가지 끝에 까치 밥거리 정도만 몇 개 대롱대롱 달려 있었다.

벌써 누가 한탕 해간 것일까?

예감은 가지만 더 이상 말은 생략하기로 했다.

나보다 같이 간 일행들에게 정말 미안했다.

집을 떠나올 때 부푼 꿈은 다 어디로 가고 다시 돌아가야

하는 빈손에 무거운 마음만 가득하고 착착했다. 마치 바구니
에 계란을 가득 이고 장으로 팔러 가던 어느 소녀의 허황된
꿈처럼 우리 일행의 꿈도 소녀의 계란 바구니가 깨진 듯 그러
했다. 해마다 이맘때가 오면 학산 마을 감나무 집이 잔잔한
바다 위에 파도처럼 눈앞에 일렁인다. 올해도 그 감나무의
감은 얼마나 열렸는지 마음은 하루에도 열두 번 그곳으로 달
려간다.

가을걷이

　농촌 사람들만 풍성한 가을걷이에 맛을 보는 게 아니라 도심 속에 사는 나에게도 가을걷이에 재미를 느낄 수 있는 무언가를 찾기로 하고 오늘은 나만이 소유 할 수 있는 작은 꽃밭으로 향했다.

　이날저날 미루어 오던 화분들을 전국이 영도로 떨어져 추워진다는 기상 예보를 듣고서야 비로소 부랴부랴 행동으로 옮겼다.앞 베란다 문을 열어젖히고 내 키보다 더 큰 벤자민 나무를 식구의 힘을 빌려 실내로 옮겨 놓으니 온 집안이 싱싱함으로 가득 차 기분 또한 상쾌했다.어린 벤자민은 2년 전 구포장에서 구입해 와 비가 오나 눈이 오나 아이를 키우는 정성으로 잘 보살폈더니 어엿하게 잘 자라 어릴 적 동구 밖 작은 정자나무를 방불케 한다.

　정자나무 밑에서 여름이면 동네 사람들이 더위를 식히며 도란도란 정담을 나눈 것처럼 우리 집 벤자민도 올여름 팔십 노인도 생전 처음이라는 찜통더위에 한턱 시원하게 효자 노릇을 해 주었다.

　그 옆으로 옹기종기 모여 앉은 대바구니만 한 톳나물 선인장, 은주네에서 분양해 온 자투리 선인장, 앞뜰에서 옮겨 심은 황국, 오빠가 안아다 준 고향에 맛을 물씬 풍기는 동백 분재, 창녕 감나무 집에서 시집온 두 그루의 토마토 나무, 베란다 선반에 놓여있는 황소 색 같은 누렁 등이 호박, 지난봄 옥상에 내왔다가 도둑맞은 국란이 좀 그립기도 하지만 이 모두는 어떤 백만장자 부럽지 않게 나의 가을을 풍요롭게 해 준다. 그중에서 요즘 가장 신경을 쓰며 애지중지하는 것은 햇빛이 잘 드는 창문가에 놓인 토마토 나무다.

제법 어른 나무로 자라 마디마디 꽃이 피고 만물로 열린 토마토 한 개가 마오자에 달린 녹색 단추 알 만큼 하니 그걸 보기 위해 하루도 몇 번이고 그곳을 짝사랑하는 소년마냥 서성거린다. 또 그뿐이랴 이파리를 손끝으로 톡톡 튕기어 주면 면사포를 갓 쓴 여인네의 향내만큼이나 상큼하고 청청한 향이 온 콧속을 진동한다. 이 모든 게 자연의 경이로움과 손놀림의 대가라면 얼마나 감사한가!

돌아다보건대 나의 일 년도 만삭의 잔영들을 남긴 채 저물어 간다. 그리고 내 인생의 가을걷이는 얼마만큼인지 가늠해 보건대 한 해 동안 무엇을 했는지? 정초의 계획은 다 어디로 갔는지? 두 마리의 토끼만 쫓았을 뿐 나의 추수는 답이 나오지 않는다. 텅 빈 곡간처럼 마음 또한 텅 비어 가는 세월에 서글픔 만 자아낸다. 늦가을의 정취와 목련 나무의 앙상한 가지에 마지막 잎새를 바라보며 겨울나무 사이로 서걱이며 뒹구는 낙엽의 여운은 또 한 해를 작별하는 마지막 인사인 것 같다.

　이젠 텅 빈 마음의 창고에 가을의 흔적들을 남긴 채 소망의
새 움을 틔우고 흰 눈 내려 덮인 산 너머 저쪽 아슴푸레하게
보이는 나의 새봄을 맞이하련다.

건강 세미나

전날 아이가 전해준 초대권을 쥐고 로터리 ○○호텔세미나실에 도착했다. 벌써 많은 사람들로 혼잡을 이루며 직원들도 장을 열 준비에 한창이다. 얼마 후 순서에 따라 강사가 단상에 오른다. "젊은 오빠! 아낙네들의 큰 함성과 박수갈채가 온 실내를 가득 채운다. 그리고 웃음도 한바탕이다.

"안녕하십니까?" 미련하고도 훌륭한 사람 "허" 아무개올시다. 인사 소개와 아울러 익살스런 얘기들도 터져 나온다. 환갑 진갑을 넘은 지 한참 오래되었다는 허 교수는 정말 젊은 오빠처럼 체력이 왕성해 보였다. 모처럼 세미나에 참석한 나는 메모지를 들고 요점들을 기록하며 해박한 건강 상식들을 익히기도 했다.

첫째는 앞에 대해서 간암 위암 식도암 등등의 기본적인 예방책은 청결을 제일로 삼는다 했다. 고혈압엔 솔즙 반 컵, 위궤양은 생감자 반쪽, 신장염은 옥수수수염, 비염엔 늙은 호박, 설사병에는 녹즙이 독물이라고 했다. 2시간을 넘나드는 강의도 한창 무르익어가고 아낙네들도 이제는 지루한지 고개를 끄덕이며 꿈나라를 헤매는 이도 있었다. 간간이 " 노랑 숨

가락은 언제 주노” 군소리를 하며 세미나보다 마지막 선물에만 신경을 곤두세우는 이도 있었다.

먹구름 뒤엔 소낙비가 내리듯 명강의 뒤엔 꼭 스쿠알란이 자연스레 따라 나온다. 뭐 산성 체질을 알칼리성 체질로 바꾸는 데는 스쿠알란이 최고라나! 아무튼 머리카락에서 발끝까지 만병통치라니 믿어도 될지...? 그런데 지금도 알쏭달쏭한 건 그 후 세미나를 몇 번 바꿔 참석해 봤지만, 제조 회사명과 강사와 값만 다를 뿐 결론은 똑같다.

학술 보고 차 홍보라면서도 은근히 약 장사를 했다.

정작 스쿠알란이 그만큼 좋아서 이름 있는 명사들을 앞세워 홍보를 다니는 건지 아니면 그걸 팔기 위한 하나의 수단인지 지금도 아리송하다. 약물을 오용하지 않는 것도 좋은 처방이라는데 요즘 사람들은 몸에 좋다 하면 무엇이든 다 먹어 치운다. 뱀이며 개구리 하물며 수입 호랑이 뼈까지... 분석을 해 본 결과 뱀에는 단백질밖에 없으며 호랑이 뼈는 몸에 무익 무해란다.

우리 몸에 좋은 건 녹황색 야채와 그에 균형 맞는 육식, 엔돌핀을 자아내게 하는 웃음을 곁들일 때 언제나 푸른 건강을 영위할 수 있다 한다. 나이가 들어도 퇴색되지 않고 푸르름을 잃지 않고 청청하게 산다는 건 얼마나 감사하며 행복한 삶일까!

돈 명예 건강 그중 제일은 건강이라던가. 건강은 건강할 때 시키란 말이 새삼 기억난다….

택배

봄인 듯 겨울인 듯 감 잡을 수 없는 꽃샘바람 속에 전화벨이 울렸다. 수화기를 들고 상대를 물으니 큰 언니 음성이다. 박스 하나 택배로 보냈으니 그리 알아라. 어제 영등시라 물이 많이 나서 갯것을 해 보냈다. "아이고 언니, 받고 전화할게요. 네 고맙습니다.

볼일이 있어 은행에 들렀다. 대기표를 뽑아 들고 의자에 앉았다. 그때 바로 옆 좌석에 덥석 앉는 사람이 그냥 낯설지 않은 얼굴이었다. 가만있자 누구 엄마더라 해묵은 기억을 서로가 상기시키고 있었다. "나, 영화 엄마요. 아! 맞다 맞아! 영화 엄마? 그는 큰아이 유치원 때 학부모였다. 서로가 그동안의 안부를 물으며, 옛날 동창생이라도 만났듯, 반가움에 손을 꼭 잡았다.

그때 영화는 눈이 크고 예뻤고 우리 아이와 친했었지요. 그래 말이에요, 차원이도 참 착하고 귀여웠지요. 아이들이 이제 서른이 넘었으니, 결혼도 다 했고, 그러다 보니, 우리 엄마들도 어느새 이렇게 나이 먹은 엄마들이 다 되었군요. 이런저런 넋두리하다 보니 순번이 지나가는 줄도 모르고 아이들 이야기에 넋이 팔렸다. "아참" 오후 두 시쯤에 택배 온다고 했는데, 한쪽 뇌리에서 바쁘다는 신호가 왔다. 두 엄마는 임무를 마치고 각자의 길로 나섰다.

집에 와서 얼마나 있으니 전화가 왔다. 택뱁니다. 계단 밑에 왔습니다. 대문을 열어 달라는 신호였다. 택배 기사는 박스 하나를 들고 이층으로 올라왔다. 요금과 수고 했다는 말을 건네주고, 나는 박스에게로 시선을 돌렸다. 발신자 표시에 큰언니 이름이 적혀 있다. 아니! 이름이 아닌 큰언니가 무거운 박스를 들고 이곳까지 오신 것이다. 가끔씩 받아 보는 박스지만 언니가 아직 존재하므로 고향의 맛과 향을 느낄 수 있다는 게 찡하고 고맙고 감사하다.

박스를 개봉했다. 새싹이 파릇한 방풍잎, 향긋한 향이 쌈으로 일품이다. 자연산 건미역, 생미역, 땅속에서 갓 파낸 무 서넛, 키가 늘씬하게 큰 쪽 파, 남쪽 바다향이 물씬 풍기는 햇쑥 요오도 성분이 많이 들었다는 톳, 마지막 비닐봉투를 열어 보니, 밤송이를 닮았다는 밤 성게와 고둥이 반반으로 섞이고, 갯바위에서 와르르!!! 순간 잃어버렸던 어떤 형상이 눈앞에 굴려 나오고 바닷물이 출렁이고 있었다. " 어머나 이 밤 성게 너, 얼마 만이니? 정말 반갑다. 십수 년 만에 보는 고향의 정취다.

신문을 펴고 그 위에 빨래판을 깔고 몽돌을 위아래로 놓고, 이제 밤 성게 까는 작업으로 들어간다. 문득 고향집이 떠오른나. 해마다 이맘때쯤이면 연례행사처럼, 갯것을 해와 집집마다 잔칫집처럼 북적거린다. 음 이월 보름 영등 시 때, 음 삼월 보름 시 때, 등 오가리솥들이 장작불 위에서 갯내음을 솔솔 풍기며 들썩거린다. 그러다 보면 사람의 입맛도 같이 들썩거린다.

양지바른 마당 한쪽에 어머니의 모습이 희미하게 보인다. 꼬리를 흔들며 쪼그리고 앉은 강아지도 보이고, 언니, 올케언니, 이웃집 아주머니도 탱자 가시를 들고 둘러앉는다. 약간 쌉싸름, 담백하고 개운한 맛 이것이 바다의 맛이며, 고향의 맛이다. 그 속에 아련한 추억들이 밤 성게와 고동의 맛처럼 애틋한 입맛을 다신다.

해마다 사월이 오면 진도의 앞바다가 갈라져 모세의 기적이 일어난다고 매스컴에서 떠들썩하다. 그 기적의 바닷가에 모이는 사람들 낙지를 줍고, 해삼을 줍고, 많은 추억을 주우며 즐거운 함성을 지른다. 그런 체험을 하며 자란 나도, 아름다운 대자연을 만끽하며 자라났지 싶다. 큰언니가 보내준 작은 바다 안에서 수많은 옛이야기들이 파랗게 출렁거린다.

섬보다 작은 여

　여는 가까운 연안이 아닌 먼바다에 떠 있다. 어쩜 섬을 배후로 하여 황소 뒤에 송아지가 맴돌 듯 큰 섬에 기대 사는 섬새끼들처럼 섬 주위를 맴돌고 있다. 해상 지도를 펴보면 섬은 유인도 라면 여는 무인도이다. 그래서인지 섬은 제대로 대우를 받는 것 같고 여는 별 대우를 못 받는 것 같다. 그저 이름 없이 빛도 없이 사생아처럼 외롭다. 외로워서 물고기들을 많이 키우고 있는 것은 아닌지.

　풀잎 하나 보이지 않는 여는 사람이 정착해 살기에는 매우 작은 면적을 가지고 있다. 다도해 바다 위에 갈매기 똥을 갈겨 놓은 듯, 파리가 벽에 파리똥을 날려 놓은 듯 작은 점에 불과하다. 여는 사람이 살아가기에는 부족하지만 파도와 갯바람과 해산물이 살아가기에는 낙원이다.

　어떤 여는 잠수함이 막 물 위로 형체를 드러내는 모양이고, 어떤 여는 큰 기선 한 척이 전복되어 바다에 질퍽질퍽 누워 있는 모양이다. 밀물과 썰물 간만의 차이에 따라 여가 큰 발동선 같기도 하고 작은 돛배 같기도 히고, 때로는 섬뜩한 물체가 떠 있는 것 같기도 하다. 나도 바다 위에 누워 여처럼 한

가로워지고 싶을 때가 있다. 이름 없이 빛도 없이 저 여처럼 누군가를 섬기는 자가 되고 싶어진다.

섬에는 요즘 5일 근무와 참살이 시대에 맞춰 곳곳에서 낚시꾼들이 몰려든다. 그곳은 수심이 깊고 물살이 세서 어종도 다양하고 생선 맛도 깊이가 있다. 큰 섬이나 작은 여나 바다 밑에 뿌리를 내리고 살기는 마찬가지다. 사람도 뭍에 사람이나 섬사람이나 환경이 다를 뿐 사는 것은 다 마찬가지다. 그러나 한때는 섬사람들이라고 육지 사람들과 편을 나눈 시절도 있었다. 나도 한때는 갯사람이 되어 바다를 첨벙거리며 살 때도 있었다. 섬에서 물고기처럼 파닥거리고 살지 않았다면 내가 어찌 이렇게 바다 이야기를 물고기처럼 쓰고 있겠는가. 오히려 전화위복이 아닌가 싶다.

섬에는 사람들이 무리 지어 살지만 여 주위에는 볼락, 감성돔, 많은 물고기가 무리 지어 산다. 지천에 홍합, 톳, 미역, 우뭇가사리, 군부 따개비, 부채 손 고동, 해삼 전복 해산물들이 어깨동무하며 살고 있다. 포구 사람들은 바닷물이 많이 빠지는 봄철 3, 4월이 되면 배를 타고 여에 갯것을 하러 간다. 미역을 따오고 톳을 뜯어오고 많은 해산물을 채취해 온다. 여는 임자가 따로 없다. 그 주위를 잘 알고 부지런한 사람들은 그런 횡재를 갯바람과 햇볕에 잘 갈무리해 시장에 내다 파는 것이다.

포구를 둘러싼 어장은 수항도 너머로 무여와 가린 여가 있다. "어부들이 무 여에서 저쪽 배를 향해 '칼 있어? 하면, 가린 여에서 무 여를 쳐다보고 고기 많이 ’무여‘? 하며 거친 바다에서도 즐겁게 고기잡이했다는 것이다. 그래서 무 여와 가린 여가 이름이 지어졌다는 속설이 있다. 그러나 표면상으로 나타나는 무여는 큰 송편 모습이고 가린 여는 반으로 갈라져 있어 갈라진 여라는 의미인 것 같다. 이렇게 섬과 여 들이 많아 그 드넓은 어장들은 쌀이 귀한 섬마을에 논이 되고 밭이 되고 우리들의 학비가 되고 모든 생계가 되었다.

어부들은 무여와 가린 여, 배대기 사이로 돛배를 타고 겨울에는 새우 그물질을 했다. 여름에는 조기 주낙. 가을에는 갈치잡이, 가을이 갈 즈음이면 삼치를 잠깐 잡아다 나르고 또한 겨울이 오기 전에 잠깐 낙지 주낙을 했다. 삼치와 낙지잡이는 순간순간 어부들을 풍요롭게 하는 틈새시장이었지 싶다. 봄에는 꽃새우잡이를 하다가 봄과 여름 사이에는 고대구리를 해서 크고 작은 생선들을 많이 잡아 오는 것을 보았다. 파닥거리는 지느러미 같은 바닷가의 삶은 아침햇살처럼 항상 싱싱하다.

지금도 눈에 선한 것은 조기잡이와 갈치잡이 배다. 배는 오빠들이 새벽 달빛을 밟으며 어둠을 뚫고 선원들과 선착장을 떠나면 멀리 있는 바다를 향해 돛을 올린다. 점심으로 챙겨가는 것은 쌀알이 가끔 섞인 누런 보리밥 아니면 고구마를 삶아 간다. 반찬은 김치 쪼가리에 양념 된장은 항상 따른다. 반찬은 갓 잡은 생선으로 횟감을 뜨고 매운탕을 풍로에 끓여 시장기를 날래고 파도와 싸우는 노곤함을 달랜다.

저녁 바다는 만선으로 가득 찬 배가 뱃머리에 오색기를 꽂고 들어온다. 마치 이기고 돌아오는 개선장군처럼 그 깃발의 펄럭임은 하루를 이기고 돌아오는 환희고 기쁨이고 보릿고개를 이기는 지름길이었다. 그런 날이면 온 식구들이 배를 찾아 나선다. 갯마을 막걸릿집도 성황을 이룬다. '오늘 그 집배일등이라네' 동네가 시끌벅적 환희 속에 밤이 저문다.

그 시절이 지나고 발동선이 통통거리는 지금의 고향 바다는 낯선 사람이 더 많다. 어선 구조조정도 끝나고 쓸쓸히 들리는 파도 소리와 몇 척의 어선들이 꼭 갯마을을 지켜야 하는 지킴이처럼 남아서 갈매기와 지내고 있다.

섬은 사람을 품고 살고 여는 해산물을 품고 살지 싶다. 섬은 많은 군대를 거느리고 군림하는 장군 같고 여는 밀물 썰물에 순응하고 복종하는 부하 같다. 용이 되지 못한 이무기 같은 작은 여, 여가 바다 큰 섬 사이에서 작은 쉼표가 되어 오가는 갯바람과 물새 파도와 낚시꾼을 쉬어가게 하는 작은 의자가 된다.

거친 파도와 갯바람과 갈매기 떼들과 알 수 없는 밀물 썰물의 바다 이야기를 주고받는다. 크게 소리 지르지 않고 조용히 앉아 부대끼는 삶의 파도 소리에도 다독거리고 젖을 먹이는 모정의 가슴팍처럼 여는 바다의 작은 가슴팍이다.

제2부
배움의 등불

습작의 미학

　한 길가에 줄을 서 있는 대학생들 틈새에 끼어 두 사람은 인제대학 통학버스를 탔다. 뒤를 힐끔 쳐다보니 이들 또한 특별했다. 그건 뒤에 앉은 학생들에 비해 동지 새알을 실컷 먹었다는 거다. 머리에 살구꽃이 새움을 틔우는 나이에 무엇을 배우겠다고 용기가 대단해. 그렇지만 마음은 이십 대처럼 배움의 향학열에 불타는데 십 년은 채울 거야. 십 년이면 강산도 변한다잖아 혹, 누가 알아 나에게도 변화가 올지 소위 작가라는 그것 말이야. 그 대단한 분들의 대열 속에 꼭 낄 꺼야. 당선 소감 한 번 지면에 꼭 띄울 거야.

　지난 시간 산문 반에서 배웠는데 작가의 자리를 넘보려면 적어도 300편 정도의 습작을 써야 한대, 입에서 말이 줄줄 나오는 게 아니고 손끝에서 글이 거미줄처럼 줄줄 나와야 하는데 이제 막 6년째야, 그중 이삼 년은 건너뛰고 그다음은 앞으로 뛰고 뒤로 뛰었지, 습작도 이삼십 편 정도지 그것도 겨우야! 선영은 당당하다 못해 빤빤한 어조다.

　차창밖엔 사월의 햇살이 제법 포근함을 더해 준다. 가로수마다 신록이 새봄이 왔다고 연두색 손을 내밀고 흔들어준다.

"참 기쁘다.

마음이 밥을 껌처럼 붕붕 뜬다.

대명천지 밝은 낮 산기슭에 불타는 진달래꽃 넘어 나비를 따라 아지랑이를 잡으러 갈까?

선영이 마음속 깊이 갈망하던 소설 학교다.

강의 시간이 약간 진행되었다.

지각생들은 문을 뾰족이 열고

몇 장의 교제를 챙겨 들고 자리를 찾아 앉는다.

교수님은 흑판에 필기와 아울러 한참 강의에 열변을 토한다.

 － 작중 인물에 대하여 －

춘향= 열

심청= 효

흥부= 선

' 바로 이거야!

선영이 갈구하던 바로 그것.

하지만 머릿속은 이슥한 초저녁달이다.

앞뒤 없이 중간에 강의를 들으니, 무엇이 무엇인지, 선영이 공부한 그것은 아이 장난 같은 청순한 이미지의 시와 지고지순한 소녀의 사랑 같은 수필이었으니, 인형 조절적인 소설을 많이 써낸 '감자의 김동인' 박스상자 안의 주인공을 박스 밖으로 내보내는 소설 서술의 자율성을 알 리 만무하다.

첫째 시간이 지나고 교수님의 출석 체크가 있었다. 이십 명 남짓 호명이 끝날 즈음 선영의 이름도 같이 간 찬희에 의해 공개되었다.

"주선영입니다".
이제 오면 어떻게 해요?
학기가 많이 진행되었는데요.
교수님이 슬쩍 뱉는 소리지만 듣는 기분은 언짢았다.
그리고 강의를 듣고 있던 학생들도 선영이 늦게 왔다고 야유를 보내는 듯 깔깔대고 웃기만 한다. 순간 무거운 침묵이 머리를 맴돌았다. 한 달쯤 지나온 것은 분명하다. 계획 없이 무턱대고 찬희를 믿고 따라온 게 실수였나? 수시로 입학의 개념을 쉽게 생각한 게 선영에게 반성의 계기가 되었다.

교육원에서 만난 어느 친구는 정말 본받을만한 친구야. 문창 반 처음 왔을 때는 아주 촌닭이었어. 나더러 선배님 선배님 하면서 조언도 구하고 따라다녔거든. 그런데 지금은 내가 후배가 되었지 뭐야. 그는 지금 문단에 올랐지 뭐야. 세상에 얼마나 많은 글쓰기 작업을 했을까? 생각하니 요 핑계 저 핑계 게으름만 피었던 내가 반성해야 하거든. 반성하다 못해 열 받은 거야. 그래서 지금 이렇게 열렬히 하는 척하는 거야.

돌아오는 길옆 좌석에 앉은 찬희도 동감인 듯 얼굴에 저녁 노을 같은 홍조를 띄운다. 들판 오밀조밀한 밭에서도 작은 습작 노트처럼 어린싹이 이런저런 모양으로 자라고 있다. "퍼얼

벽의 대지. 박경리의 토지.” 제목은 비슷하지만 중국과 한국
의 농촌을 소재로 한 시대의 배경을 잘 묘사해 무한한 필력으
로 독자들을 감동시키고 있다. 적어도 그 정도는 되어야 작가
라고 한다나? 바람결에 누군가 뒤통수를 툭 친다.

　멋쩍은 미소를 뒤로 날리고 그래도 이 대열에 선 나는 행
복하였네라고 강물에 엽서 한 장 띄운다. 대지 위엔 땅거미가
내리고 강변을 질주하는 차들의 불빛이 하늘의 별빛과 뒤섞여
도심을 가로지른다.

나는 작가다

　지금처럼 작가가 많은 시절도 퍽 드물다. 동서남북 곳곳에 나는 작가요라고 소리치는 사람들이 수두룩하다. 작가의 줄서기도 각양각색이다. 어떻게 지인을 잘 만나거나 또 지도자를 잘 만나면 버금가는 인기와 명예도 얻는다. 그렇지 못하고 푹 숙이고 글만 쓰면서 그때 그 시간만을 기다리는 지고지순한 자에게는 그저 그날이 그날이다. 인맥 지맥 학맥의 담이 세상만사에 거미줄을 친다.

　모 방송국에서 나가수 (나는 가수다) 하는 프로가 주말 오후면 인기 절정이다. 어쩌다 리모컨 주파수가 그곳에 닿아 그 화면을 본 후로는 그 프로를 자주 찾게 되어 노래하는 가수들만큼이나 나도 열정적으로 그 노래에 도취한다. 때론 나도 가수가 되었으면 저 화려한 무대에서 투명한 심사를 한 번 받아 보았으면 좋겠다.

　만 사람 앞에서 거짓 없이 "참, 깨끗한 심사를 받는 것 같아서다. 유명한 선배들의 불후 명곡을 선택해 후배 가수가 아주 멋스럽고 맛깔스럽게 본 가수 이상으로 그 노래를 소화하고 잘 불러서 심사위원들에게 좋은 점수를 받아야 나는 가수다에

등극하는 것이다. 그들의 펄펄 날고뛰는 가창력은 상상을 초월하는 에너지를 받게 한다.

어느 문학지에서 나도 작가라는 글을 읽었다. 나라의 경제 성장과 사회문화 수준이 높아지면서 꿈만 꾸던 문학 소년·소녀를 탈피해 신춘 문예, 평생교육기관 혹은 다른 길을 통해서 많은 문학 지망생이 그 꿈을 이루어 시인으로 수필가로 소설가로 혹은 동화 작가로 문단에 활동한다. 어떤 사람은 살아온 이야기나 한번 써서 자서전 한 권쯤 남길까 하고 공부하러 왔다가. 수필 인이 된 사람도 있다. 그중 나도 한 사람인지 모르겠다.

작은 아이를 중학교에 보내놓고 나도 무언가 하나 이루어 보자는 일념에서 시작한 게 글쓰기라는 긴 여정이 시작되었다. 어느 봄날 아파트 편지함에 꽂힌 소책자에 눈이 붙들려 이 길을 걷게 되었다. 처음엔 일 년 만 다니리라 생각하고 등록했다. 그런데 의외로 적성에 맞는 것 같아 이게 나에게 맞는 일이란 생각이 들었다. 문예 창작이 재미가 있었다. 그때는 가게 일을 하면서 라디오를 많이 들을 때다. 손 속 정한용의 여성시대에서 흘러나오는 신춘 편지 쇼를 듣고 거기에 도전해서 입선의 영광을 안고 그 상품으로 1박2일 용인 자연농원을 구경할 수 있는 초청장을 받았다. 얼마나 나에게 큰 기쁨이고 보람이었던가. 또 백일장에도 간간이 당선됐다. 이것들에게 "하면 된다."라는 말을 실감하면서 힘과 용기를 얻어 계속 선신의 발을 멈추지 않았다.

일 년이 지나고 삼 년이 지나면서 여러 가지로 갈등이 일었다. 잠정 접기로 하고 다시 예전으로 돌아가 독자의 길을 걷기로 했는데, 누군가 그 길이 더 아름답다고 했는데, 마음속에 글 바람이 한 번 들어가니, 중독의 술잔처럼 자꾸 그쪽만 생각나는 것이다. 그 덫에 날마다 산 노루처럼 걸리는 것이다. 그런 가을이 지나고 또 진달래 피는 봄바람이 살랑거렸다. 나의 글 바람도 상처가 도지듯이 여성시대의 "만남"이란 제목에 이끌려 또 방아쇠를 당겼다. 튤립 꽃구경하라고 또 초청장이 날아왔다.

열린 교육, 열린 문학, 열린 세상 나도 그 세상 속에 들어가 한 번 확 열리고 싶었다. 산문 쓰기를 멈추고 새 길을 따라 운문의 문을 두드려 보자. 강의 시간에 교수님이 제목을 던져 주는 것마다 그 제목이 맛이 있든 없든 꼭꼭 씹어서 먹어 보기로 했다. 그러기로 몇 년 세상 속에 다양한 맛들이 시가 되었다. 주위 사람들에게 칭찬과 인정을 받으면서 등단이란 과정을 마쳤다. 개천에 용 난 건 아니지만 그래도 우리 가문에 작은 용은 됐지 않았는가. 가는 곳마다 축하 인사에 어깨가 무겁다. 예전에 나를 탈바꿈 했으니 언행 심사가 조심스럽게 성숙해야 하지 않겠는가.

요즘은 글 쓰는 사람도 끼가 몇 개 덤으로 있어야 한단다. 그런데 끼가 적어서 난 어쩌지? 남에게 피해 주지 않는 그런 끼라도 있었으면 좋겠다. 남에게 마음 안 아프게 하는 끼, 오만하지 않은 끼. 겸손해할 줄 아는 끼, 정을 나눌 줄 아는 그런 끼가 있었으면 좋겠다.

　나는 작가, 나는 가수 쉬운 말이다. 가수다운 가수 작가다운 작가가 되는 것은 멀고 어렵고 힘든 길이다. 작가는 도전해야 하고 당당해야 하고 새로워야 한다고, 가로수 밑 초겨울 잎 새가 붉은 잎 하나 전해주고 떠난다.

서울 투어 -청와대와 경복궁

• 청와대

새벽 아직 남은 어둠이 채 가시기도 전에 기차역으로 향했다. KTX. STR산천호. 무궁화호 그중 적당한 열차를 골라 탔다. 오월에 새벽은 미풍과 훈풍이 가로수 사이로 번갈아 가며 스쳐 간다. 날이 밝았다. 봄날의 새벽은 빨리 날이 새어버리니 새벽인가 아침인가 분간이 안 간다. 어느 나라 백야의 아침처럼 혼미한 정신 사이로 새벽을 헤쳐가고 있다. 가로수는 신록으로 곱게도 옷을 갈아입고 연두색 손을 흔들며 마음과 눈을 기쁘게 해 준다.

그래도 어제의 전화 약속이 있기 때문에 가야 한다. 그동안 새 쥔장이 바뀌기 전에 한 번 가보자 하는 계획이 있었기 때문이다. 서울역에 도착하니 오전 11시 20분이다. 일찍 나왔기 때문에 일찍 도착이다. 부지런한 새도 일찍 일어나야 먹을 모이가 보인다고 나도 그 작전에 몰입했나 보다. 어쩌든 오늘 하루를 알차게 잘 보내야 한다.

서울역에 도착하니 아주 복잡하다. 그래도 사이사이를 헤치고 매표소를 찾아 아예 돌아갈 차표까지 사놓고 서울 투어를 시작했다.

그 사이 문우가 차를 몰고 왔다 반가웠다. 거기에 차까지 같이 왔으니 더 반갑고 얼마나 오늘 하루가 유연하게 잘 돌아갈까 하고!! 고마웠다.

금강산도 식후경이라고 먼저 점심을 먹으러 갔다 골목에 있는 삼계탕집이다. 입구에 순서를 기다리는 줄이 두 줄로 한참 길게 늘어섰다. 아휴!! 얼마나 맛있고 이름이 났으면 이렇게까지 우리도 한참 동안 기다리다 삼계탕을 맛있게 먹고 청와대 쪽으로 향했다. 이곳도 역시나 단체로 온 학생들과 사람들이 인산인해다.

6월3일 선거가 끝나면 새로운 세상으로 바뀌어 청와대를 더 이상 들어가 볼 수 없다는 생각에서일까? 5월 들어 많은 관광객이 몰려온다고 한다. 나도 그중의 한사람일까?

뉴스에서만 보던 대문 같은 큰 청와대 건물을 지나 춘추관을 지나 앞으로 앞으로 쑥 들어가니 진짜 청와대가 또 한 채 더 우뚝 서 있었다. 아마 안보 차원으로 설계된 것 같다. "청와대를 국민의 품으로" 간간이 푯말이 꽂혀있다. 그동안 얼마나 많은 사람들이 다녀갔을까? 청와대를 많이 구경 오라는 듯, 드문드문 푯말을 세워놓고 구경꾼을 맞이한다. 오래전 청남대에 가서 구경하고 왔는데 그곳은 대통령 별장을 개방한 곳이고 여기는 경내로 한참 들어가니 녹지원은 잔디밭도 참 드넓고 푸르고 아름다웠다.

오월의 하늘은 맑고 푸르렀다. 지붕도 푸르고 궁내 뜨락이 온통 푸르른 세상이다.

신선이 사는 곳 무릉도원이 바로 이런 곳이었을까?

대통령이라면 이런 곳에서 임기 동안 살면 품격도 있고 안전성도 있고 그래도 좀 보기 좋지 않을까!!

그 경내는 참! 드넓었다. 두루 축구장 35개 넓이라고 곳곳마다 잔디가 파랗게 깔려 있고 조경이 잘 돼있었다. 우리는 위아래로 오솔길을 따라 많이 걸었다. 가다가 다리 아프면 쉬어가라고 긴 의자도 많이 있고 구경꾼들도 가다가 쉬어가다가 누군가 기다리며 쉬엄쉬엄 가고 있었다.

2025년 6월 3일이 지나면 청와대가 새롭게 역사가 바뀌어 새 인물들로 바뀐다고 한다. 누군가 새 대통령이 당선되어 나올 것이다. 5년을 채우지 못하고 나가는 그분도 안타깝지만 왜? 이렇게 넓고 모든 걸 잘 갖추고 있는 정리되어 있는 곳을 마다하고, 듣는 말에 의하면 70여 년을 고치고 다듬고 만들어 세워놓았다고 한다.

그런 공이 깃든 곳만큼 처음 본 청와대는 입이 떡 벌어졌다. 내가 어디 무릉도원을 왔나. 천상의 세계 같았다. 이런 곳에 한 번 와 본 것이 의미 있는 선택으로 행복했다. 그래 맞아! 대통령쯤이면 이 정도 되는 곳에서 살아야 맑은 공기와 좋은 환경에서 사는 것이 품격에 많지 않겠는가. 나라를 다스리는 좋은 정책과 지혜가 생기고 비전도 나오지 않겠는가. 그런데 더러는 왜 이곳이 싫다고 자기네들이 이상한 생각을 하면서 청와대 터가 이상하다고 그래서 들어가지 않겠다고 복을 떨어도 한참을 떨지 않았을까.

용산보다 더 훌륭하고 안전성과 상징성도 있고 문화재 가치도 있지 않겠는가. 옛 관습과 전통은 지켜야 할 것은 지켜야 하고 따라야 할 것은 따르는 것이 정의고 도리가 아닐까?

• 경복궁

하루살이 투잡으로 경복궁이다. 청와대를 나와 인근에 있는 경복궁으로 향했다. 조선 임금 중 경복궁 근정전에서 즉위한 마지막 왕은 선조가 살다 간 궁이라고 한다. 이제 청와대를 한 바퀴 돌아 이곳까지 오니 다리도 피로감을 느끼며 나리지근 했다. 잠시 휴식을 취하고 또 걸었다.

옛 궁에 들어서니 입이 또 ~ 와!! 하고 벌어졌다. 도대체 어디가 어딘지 끝이 보이지 않았다. 끝없는 지평선이다. 나지막한 궁궐 집들이 이리 가도 그 집이고 저리 가도 그 집이고 이 골목을 가도 그 골목이고 저 골목을 가도 이 골목이고. "궂은 궁궐 처마 끝에 한 맺힌 사연" 그때 그 시절 이곳에서 그런저런 사연들이 일어났던 곳이었던가. 걸으면서 그 한 맺힌 노래를 읊조려본다.

여러 담장을 거쳐야 들어가는 경복궁 입구에 경회루 정자와 오래된 연못이 있다. 많은 세월과 사연들을 저 정자와 연못은 보고 들었으리라. 담장 사이사이로 아치형 둥그런 대문도 인상적이었다.

어느 날 꿈속에서 알 수 없는 미로 속에 들어가 길을 찾듯 답답하고 끝이 보이지 않았다. 그 시절 시골서 올라온 어느 궁녀가 처음 이 궁전에 와서 길을 잃고 얼마를 헤매고 다녔다는 구설도 그럴듯해 고개가 끄덕여진다.

오월의 훈풍 사이를 앞으로 앞으로 진군하듯 빠져나가니 외국 젊은이들이 고풍스럽고 고운 한복을 갈아입고 골목마다 그 시절 신하와 궁녀들처럼 궁궐이 넘치는 한복 치맛자락을 휘날리며 걸어 다닌다. 한복 입은 남녀들이 사진을 서로 찍어주며 각자 추억 남기기에 바쁘다. 우리도 그들 손으로 몇 컷 사진을 찍고 왔다. 아니 옛 궁전을 찍고 왔다. 오늘 하루 이 모든 행적도 내일이면 지난날이 되리라.

경복궁을 거닐며 잠시 사색에 잠겨본다.

청와대 녹지원 푸르른 뜰에 앉아 하루살이 왕비도 되어 보고 경복궁을 거닐며 하루살이 궁녀도 되어 보았다. 잠시 쉬어가는 청와대에서 오월의 맑고 푸른 하늘을 쳐다본다. 하늘엔 청와대를 지켜주는 흰 구름이 둥둥 떠다닌다.

저녁 무렵 용산역에서 문우의 따뜻한 배웅을 받고 열차에 오른다. 오늘은 좋은 날 오래오래 남으리라.

제3부
작은 그리움

해피

집 이곳저곳 해피가 스쳐 다니던 곳은 조용하다. 짖는 소리도 조용하고, 귀찮았던 털도 나부끼지 않는다. 오솔길 빨간 구두 아가씨의 구두 소리 같던 해피의 발굽 소리도 정적을 멈췄다. 쩝쩝쩝 밥을 먹던 소리도 할딱할딱 물 마시는 소리도 살랑살랑 흔들며 반기는 꼬리도 없다. 이따금 틈새에서 나오는 희뿌연 털이 해피의 흔적이 되어 집안에 돌아다닌다.

해피는 마티즈 종의 깜찍 발랄한 귀여움의 이미지를 달고 덤으로 착하고 영리하다. 사람 같으면 귀족이고 양반이지 싶다. 해피를 씻어 주려고 고무장갑을 끼고 문을 열었다. 해피가 타일 바닥에 길게 누워 있었다. 설마 하고 해피를 보듬었다. 힘없이 푹 느려진 허리였다. 얼굴을 보니 꽉 다문 입모습이 서늘했다. 심장은 아직 가느다란 따스함으로 실 날처럼 뛰고 있었다. 손을 해피 가슴에 얹었다. 해피야!! 너 가는 거야, 정말 죽는 거니,

어떡하니 그러면 널 보낼 준비도 안 됐는데, 그동안 너에게 섭섭하게 했던 건다 잊어버리고 잘 해줬던 기억만 가지고 가거라.

해피야! 우리 착한 해피 내 곁에 오랜 세월 머물렀는데, 그래도 왜 이리 딱하고 불쌍하니, 우리와 너와 같이한 15년의 희로애락을 다 휘감고 가서 그러는 거니, 너의 착하고 영리하고 귀여운 모습들이 아린 추억으로 남아 가슴에 꽂혀서 그러니?

티브이에서는 김수환 추기경의 선종으로 우울한 분위기고 우리 집은 해피의 죽음으로 우울하고 창밖에는 2월의 겨울비가 두 슬픔처럼 내리고 있었다. 밀감 박스를 관으로 쓰기 위해 집안으로 들여왔다. 신문을 몇 장 깔고 평소 목욕 수건으로 쓰던 해피 몸처럼 바짝 마른 수건을 밑에 가지런히 깔고 해피를 엄숙한 마음으로 보듬어 눕혔다. 그 위에 종이 한 장을 마지막 보내는 마음의 이불처럼 덮었다.

염이 끝났다. 상주의 우는 소리와 함께 관은 문밖으로 나와 한쪽에 조용히 안치되었다. 자꾸 뜨거운 눈물이 목에 걸린다. 사람도 아니고 짐승인데 그동안도 그랬고, 마지막까지 최선을 다해 살려고 하는 의지와 눈물겨운 몸부림, 그 힘없고 여윈 몸으로 하루하루 버티는 게 용했다. 주인에게 피해를 주지 않으려고 안간힘을 쓴 흔적들,

핑계 없는 무덤이 없다고 그렇게 건강하고 별 탈 없이 살던 해피가 노쇠한 탓인지 장염이 와서 설사하더니, 약을 사다 먹여도 잡히지 않고 좋았다 나빴다 만복을 했다. 그렇게 반기던 꼬리도 힘을 잃어 가고 앙상한 뼈와 몸무게가 목욕시킬 때마다. 사람의 황혼처럼 해피도 피해 갈 수 없는 행로를 걷고 있

는 것 같았다.

해피가 어렸을 때는 "아! 저기 텔레비전에 나오는 강아지다." 하면서 동네 사람 남녀노소에게 많은 사랑과 귀여움을 받았다. 나도 어언간 해피 엄마라는 닉네임이 붙어 다니고, 우리 착한 새끼 죽을 때까지 키워 줄게, 하며 궁둥이를 다독거린 적도 있었다. 그 말이 씨가 되어 그 약속을 짐승이지만 버리지 못해 강산이 한번 반 변하는 세월이 흘렀다.

그동안 먹이고 쓸고 닦고 씻고를 반복한 것이 아이를 하나 키운 공은 들었으리라. 그래도 해피는 유치원에 갈 수 없었고 초등학교 중학교에도 갈 수 없었던 게 짠한 마음으로 남아있다. 사람 이였다면 참, 착하고 공부도 잘하는 모범생이었지 싶다.

주인에게 피해를 주지 않으려고 마지막 죽는 시간까지도 잠자리에서 내려와 얼마의 사이를 두고 볼일을 보고 숨을 거두었다. 생명을 중시 여기지 않는 개보다 못한 사람들이 요즘은 도처에 널려 있다. 쉽게 자기가 자기를 죽이거나. 또 남의 목숨을 자기 삶의 목적에 도구로 삼아 자꾸자꾸 그런 짓들을 하는 것은 개 보다 못하다는 느낌이 든다.   어긋난 생각들이 연탄가스의 못난 유산을 물려받았을까, 몹쓸 유품을 왜 아름답게 받아들일까? 성경에는 자살도 살인이라고 설파하고 있지 않는가.

땅거미가 질 무렵 남편이 퇴근해 돌아왔다. 썰렁한 분위기는 예감한 듯 어두운 침묵이 흘렀다. 산으로 갑시다. 흙 삽을

챙기고 장지를 물색해, 아빠 상주는 관을 메고 엄마 상주는 그동안 해피가 쓰던 소품과 먹이를 들고 뒷산으로 올라갔다.

지난가을에 떨어져 수북이 쌓여있는 낙엽을 모아 해피의 무덤을 춥지 않게 덮어 다독거려 놓고 잠시 묵념인 듯 머문다. 하늘이 노을의 커튼을 내리고 어둠도 내려앉는다. 내 마음도 그렇게 어둑어둑해 온다. 흙으로 왔다가 흙으로 가는 것은 인지상정인데, 나뭇잎은 땅에 묻히면서 왜 붉게 우는 것일까.

나뭇잎도 노랗게 떨어졌고 해피도 그 땅에 흰 낙엽처럼 떨어졌고 티브이 속에 나오는 황혼의 추기경도 그 땅에 사랑의 씨를 뿌려놓고 거룩하게 떨어진 낙엽이지 싶다. 땅은 떨어진 것들의 포근한 안식처다. 또한 뿌리는 것들의 진실한 이야기다. 스산한 산을 뒤로하고, 하나둘 켜지는 가로등 불이 해피가 뛰어다니던 골목길을 환히 비취고 있다.

상 경 – 엑스폴로74

　난생처음 가는 길이다. 오랜만에 가는 길인만큼 꼬리도 길어 밤새워 철길을 철거덩거리며 차 안에서 걸어야 했다. 천안 수원을 지나서야 영등포역이 가물거리는 것 같았다.

　내가 맨 처음 초입에서 만난 서울은 길가에 즐비하게 늘어 서있는 빨간 기와집이 인상적이었다. 평소 검고 파란 기와집만 보다가 빨간색은 아주 멋스럽게만 느껴졌다. 청기와나 검은 기와에 비해 시골티를 확 벗은 느낌이었다. 서울에는 눈 띄어 놓고 코 베어 간다‘는 말을 늘 상 들어서 그러는지 영등포역이 가까워질수록 마음은 조여만 갔다. 무작정 상경도 아니고, 앵두나무 우물가에 바람난 처녀도 더더욱 아닌데 웬일일까! 나도 모르게 겁이 기차 굴뚝에 연기처럼 펑펑 나기 시작했다.

　친구를 따라 어느 음식점을 들어갔다. 친구는 음식점에 취직이 되어서 서울에 상주한 지가 몇 년은 흘렀지 싶다. 사전 편지로 연락을 하고 엑스폴로74에 참가 하겠노라고 운을 띄었다. 그 친구와의 만남으로 나는 일주일간의 새내기 서울 생활을 할 수 있는 지침을 마련하고 숙소에 여정을 풀었다.

집회 시간을 잘 지키기 위해 아침 일찍 신당동 버스 정류소에서 버스를 기다리고 있었다. 버스는 잽싸게 굴러왔다가 또 굴러가곤 했다, 사람들도 차를 타기 위해 달음박질이다, 간간이 오가는 시골 버스에 비하면 느긋하게 시간에 쫓기지 않고 쉬엄쉬엄 살아가는 사람들에 비하면, 서울은 열심히 뛰어야만 사는 곳이고 차도 살아갈 수 있구나 그래서 바쁘게 살다 보니, 코를 베간다는 말이 생겼잖냐 싶어진다, 눈치코치 없이 행동거지가 느린 사람, 아무튼 많은 사람들 속에 살아가기 위한 센스 있는 말이지 싶다. 길거리 체험을 염두에 두고 간신히 버스에 몸을 실었다. 안내양에게 여의도까지 간다는 귀띔을 하고, 목적지를 향해 달렸다.

여의도에 도착해서도 물어물어 길을 걸었다. 한참을 가다 보니 사람의 물결이 출렁거리기 시작했다. 아! 바로 저기로구나. 세계적으로 유명한 목사를 초빙하고 '성령 폭발[엑스 폴로] 74'라는 주제 아래 거대한 성회가 열리고 있었다. 사람들은 구름 떼를 이루고, "그리스도와는 바꿀 수가 없네" 성가 소리가 하늘을 뒤흔들었다. 빌리그레이엄 목사의 설교가 시작되고, 거룩한 찬양이 울려 퍼지고 전국 지 교회에서 모여든 성도들이 큰 여의도에 한마당이 되어 두 팔 벌려 하늘을 향해 회개의 제단을 쌓았다, 집회가 끝나면 그 많은 무리들은 "허락하신 새 땅에 들어가려면, 여호수아 본받아 앞으로 가세". "에~ 에~ 에~ !!" 마치 모세가 애굽에서 이스라엘 백성을 가나안 땅으로 이끌어내는 형상인 듯 아직도 그날의 장대하고 질서 정연한 여의도의 찬양 행진 모습이 스멀거린다.

그 날밤 집회에는 신앙 간증이 있었다. 코메디언 곽규석님이 단위에 오르고, 간증이 시작되었다. 사업 실패로 부채를 많이 지게 되었고, 형편이 어려워질 대로 어려워져 삶을 포기하려는 심정으로 사경을 헤맬 때, 마침 이웃분의 전도를 받아들이고 힘을 얻고 예수님의 사랑으로 거듭나게 되어 이 귀한 자리에 서게 되어 절망하는 자들에게 예수의 이름으로 이 좋은 소식을 전하고 싶다고 했다. 그날 밤 많은 결신자들이 태어났고, 성회는 오순절 다락방으로 무르익어 갔다.

1974, 8, 15, 육 여사가 서거 했다는 웅성거리는 민란의 비화를 뒤로하고 영등포역을 향해 걷기 시작했다. "어디까지 가십니까" 그 소리에 돌아다보니 중년쯤 되어 보이는 신사분이 말을 걸었다, 서로의 가는 길이 비슷한 방향이라 하면서 오늘 전철이 처음 개통되는 날이니 전철을 한번 태워 주겠노라고 하셨다. 나는 별생각 없이 새 전철을 태워 준다는 기쁨에 승낙하고 따라나서기는 했지만, 혹시나 하고 이상한 생각이 뇌리를 스쳤다. 그런데 가는 중, 대화 속에서 수원 가서 내리며 포도 농사를 짓고 살며 송산교회 000 장노라고 소개를 했다, 아마 저분도 나와 같은 목적으로 여의도에 왔다가 가시는 길인 듯싶어, 순간 반가움과 불안·초조는 동시에 땅 밑으로 가라앉았고, 아무것도 모르는 촌닭에게 새로운 체험을 하게 해 주시는 마음이 고맙게만 느껴졌다.

지하도를 한참 걸어 내려갔다, 개미들만 낭굴을 파며 사는 줄 알았는데 사람들도 이렇게 땅굴을 파서 거대한 역사를 이루어 놓았다는 게, 그저 나는 감개무량할 뿐이었다.

전철 문이 열리고, 나는 그분을 따라 올라섰다. 근데 이게 웬 광채야, 난생처음 보는 세상에서 처음 보는 밝은 불빛이었다. 감히 부끄러워 얼굴도 들 수 없었다. 새 생명이 태어나 세상을 처음 보는 세상이 그토록 찬란했을까? 가끔 지하철을 타고 가면서 그때의 기억을 유추해 본다. 지금은 아니다, 지하철의 불빛도 너무 낡아서일까 아니면 내 세월의 눈빛이 낡아서일까 그 찬란한 불빛은 사그라지고 시야에는 개똥불만한 불빛으로 비춰 온다.

어머니의 넓은 오지랖 같은 서울! 아무라도 올라가 쉼을 얻고 생존을 얻고 삶의 꽃을 피운다. 그러나 아무나 가지 못하는 곳, 아무나 가서 성공하는 곳만은 아니다.

슬픔이 도사린 곳 냉대가 노숙하는 곳 가지 못하는 자에게는 언제나 상상의 무릉도원일 뿐,

이십 수년 전 방황하던 이곳 많이 발전해 버린 그 영등포역에 오늘 걸터앉아 본다. 대형 분수의 물보라가 시원한 물줄기를 뿜어내고 있다. 정지되어 버린 추억의 시간을 그리워하며, 성령 폭발 액스폴로74를 소환하고 있다.

무박 2일

　그곳에 가는 게 좋아서 무심코 열차를 탔다. 밤 10시 40분 초가을 밤의 기운이 전신을 엄습해 온다. 살짝 더운 건지 서늘한 건지 열차는 정동진역을 향해 밤이 새도록 달리고 있다. 기적 소리 대신 간간이 스피커에서 들려오는 안내 방송, 개표 대신 정복을 입은 승무원이 지나가며 스마트 폰으로 탑승 인원을 확인한다. "우리 열차는 잠시 후 김천역에 도착합니다." 준비하시고 내리실 분은 왼쪽입니다.

　여기서부터 유턴을 해 동해안 쪽으로 열차가 이동이 되나 보다. 열차 안에 실린 우리 일행은 긴 시간을 보내기 위해 이야기보따리를 줄줄이 풀어 놓는다. 차에 오르자 잠시 숨을 고르고 간식거리를 챙기더니 드디어 이야기 행렬이다. 간간이 쉬어가는 역 이름이 다르듯 이야기 동네도 다르다. 십 년 전, 삼 년 전, 일 년 전, 동서남북, 봄·여름·가을·겨울 이번 여행을 준비한 이야기까지 듣고 듣다가, 난 앞좌석에서 이리 뒤척 저리 뒤척, 새우잠을 자다가 깼다가 나름대로 몸부림이다. 영주역, 영천역, 한참을 가고 가다 보니 새벽 3시가 다 되었다.

이것은 아니지! 주위를 둘러보니 자는 사람이 더 많았다. 여기쯤에서 이야기를 멈추자고 눈치를 주었다. 대표를 맡아 차표 예약부터 무박 2일을 책임져야 하는 나로서는 보통 신경이 안 쓰인다. 뒷좌석에도 빨리 눈치를 챘는지 띄엄띄엄한 빈 좌석을 찾아 잠자리에 든다.

열차 차창 가에는 새 아침이 밝아왔다. 정동진에 아침이 밝아 왔다. 역은 조그마한 시골 역이다. 그토록 새해맞이에 열을 올리고 전국에서 모여드는 이곳, 해돋이로 유명한 정동진의 해맞이를 나도 하는 것 같아 기분이 이른 아침 햇살처럼 환하다. 역 내에서 간단한 매무새를 하고 건너편에서 대기하고 있는 팀들과 우리는 봉고를 타고 환선굴로 간다.

묵호시장, 이사부 사자공원, 비치조각공원, 삼척죽시루, 굽이굽이 깊은 산골짜기를 타고 올라가면 동양 최대의 석회암동굴이 있다. 왕복 칠천 원의 모노레일은 공중 구름다리를 타고 신선이 되어 환선굴에 닿은 기분이다. 가을 숲이 곱게 물든 아름다운 산, 신비스러운 바위들, 굴 안은 석회암으로 병풍을 두른 구석기시대의 창조물 같은 거,

느낌이 의외로 신선이 살기에는 좀 어둑어둑하고 어쩜 을씨년스러운 광경이다. 그래도 환선굴은 가보고 싶은 환선굴이다. 잠자지 않고 달려간 무박 2일 오랜 기억 속에 남을 것이다.

방콕 3일

　떠나기 전 태국에는 더위가 30 몇 도를 오르내리는 날씨가 지속된다고 해서 겁을 먹었다. 의외로 견딜 만하다. 구름 기둥으로 인도해 주시는 하나님의 은혜인지 우리가 머문 3일 동안은 구름이 태양을 많이 가려 주었다. 현지에서 고생하는 선교사들을 보고 더워도 가야 하고 추워도 가야 하고 '부름 받아 나선 이 몸 어디든지 가오리다.' 찬송가 323장이 구구절절이 가슴을 파헤쳤다.

　봉고가 몇 시간을 달려가 내린 곳은 방콕 남쪽 바닷가 큰 성을 방불케 하는 파타야 호텔이다. 널따란 로비에서 객실 수속을 마치고 엘리베이터 몇 층을 올라가 열린 문을 따라나서니 구름다리 같은 복도가 쭉 펼쳐진다. 원을 돌듯 한참을 돌아가니 줄줄이 숙소가 정해져 있다. 열쇠를 받은 나는 마지막 끝 방을 배정받아 입실한다.

　큰 원룸 같은 럭셔리 한 실내, 소파 카펫 하얀 시트가 눈처럼 뒤덮인 대형 침대 두 개가 놓여 있다. 나는 창 쪽을 자리 잡고 일행은 안쪽을 잡고 이것저것 소품을 꺼내서 정리를 해 놓으니 제법 한 살림 차려 놓은 것 같다. 이 객실 안에 얼마나 수많은 사람들이 스쳐 갔을까. 그 많은 사람 속에 한 발자국을 남기고 가는 우리도 이 순간이 오래도록 기억될 것 같다.

테라스를 나와서 하늘을 쳐다본다. 더위에 찌들었는지 희미한 하늘이다. 공기가 습하다 에어컨이 유일한 낭만이고 오아시스다. 가끔 동공에게 시원한 볼거리를 주는 푸른 화초가 줄줄이 늘어진 창 너머의 벽이 그나마 더위를 씻어 준다. 창문 아래로 둥그런 큰 마당이 보이고 삼삼오오 여행객들이 분위기와 더위를 즐기며 돌아다닌다.

아침 일찍 식당을 찾았다. 대형 호텔에 걸맞게 식당도 대형이다. 지구촌 사람들이 다 먹고 갈 수 있게 뷔페식 음식도 사람 색깔만큼이나 다양하다. 피부 색깔이 다르고 머리 색깔이 다른 언어도 다른 이방인들도 여러 모양으로 눈에 띈다. 그 많은 음식 중 입맛대로 골라 먹는 재미가 쏠쏠하다. 이런 것들이 여행의 묘미일까. 이곳에도 아침 해는 어김없이 떴다. 아직 연한 햇살을 받으며 호텔 앞에 펼쳐진 수영장을 거닐어 본다. 큰 호수만 한 수영장은 옥색 물결이 가늘게 출렁인다. 어떻게 맑고 깨끗한지 감히 손을 한 번 넣어본다. 물은 물이다. 한계 그 이상을 넘치지 않는 여수해양 엑스포에서 본 쓰리 D 영상 같다.

수영장을 빠져나와 그 언덕 넘어 백사장이 한없이 펼쳐진 에메랄드 빛깔의 아름다운 바다가 보인다. 시간상 가보지 못한 아쉬움을 뒤로 하고 일행은 귀국을 하기 위한 다음 코스를 향했다. 봉고가 닿은 곳은 파라다이스 백화점이다. 이곳도 드넓은 광장 같다. 많은 코너 중 선물 코너로 들어갔다. 큰 가방에서 작은 손지갑까지 올망졸망 수많은 생필품들이 각자의 터를 잡고 앉아서 눈을 껌벅이며 나도 살기 좋은 한국 땅에 좀 데려가 주세요. 하며 눈짓하는 것 같다. 그중에 몇 개를 골라 잡고 그래, 우리나라에 가서 같이 살자 하고 쇼핑백에다 사 담았다. 가방 안에서는 그것들이 기분이 좋다고 까르르 웃는 소리가 나는 것 같았다.

다시 봉고를 타고 공항을 향하는 길에 차창 밖을 내려다본다. 빗줄기가 세차다. 이곳에 오는 날 새벽에도 비가 내리더니 귀국 날 저녁때도 비가 우리를 촉촉하게 배웅해 준다. 방콕 3일을 돌아다본다. 복음의 씨를 뿌리기 위해 고생하는 두 곳 선교지 와 선교사의 짧은 인연 그 인연의 인연들이 모여서 이 황무지 같은 곳에도 언젠가는 복음의 꽃이 피지 않겠는가. 야간불 빛 반짝이는 해변가에서의 저녁 애 띤 알바생들의 서빙 하는 모습이 선하다. 밤의 골목에서 그늘진 생활을 하는 성냥팔이 소녀들 그들을 지나면서 짠 소금을 씹는 듯 오싹오싹한 그 느낌 그 골목 마지막 건물은 그 성냥팔이들을 구원하기 위해 세워진 다말교회가 있다.

그리스도의 복음 소리는 사랑이다. 그 아가페적인 사랑이 그곳에도 그윽했으면 좋겠다. 발마사지사들의 애틋한 한국어 소리도 귓가에 선하다. 어깨가 딱딱해 딱딱해! 아파 아파? 살살 살살…. 그들의 생존의 소리다.

주의 일은 하면 할수록 힘이 나고 더 믿음이 생긴나. 그것

은 성령 보혜사님의 힘이다. 사도바울과 무디 선생, 최초 한
국 땅에 복음의 씨를 뿌린 토마스 선교사. 빌리그레함 목사,
손양원 목사도 그러했을 것이다. 사계절이 뚜렷한 한국에 태
어난 것은 큰 축복이며 그 축복에 감사드린다. 사계절 속에
잠시 머물다 푸르른 유월의 여름 아름다운 고국 땅을 찾아 귀
국하는 비행기에 오른다.

- 2016. 6. 단기선교

눈 오는 날

창밖에 흰 눈이 펑펑 내렸다.

아이들은 좋아하고 집 앞 빈터를 뛰어나간다. 밤새 내린 눈은 장독 위로, 무화과나무 위에도 온 천지가 하얀 세상이 되었다.

개구쟁이 머슴아들은 벌써 눈을 큰 공만큼 뭉쳐 팔자 모양 눈사람을 만든다. 논가에 허수아비가 쓰다 버린 밀짚모자를 씌우고 옥수수 털의 수염, 거기 순이네 할아버지 담뱃대와 꼬부랑 지팡이까지 세워 놓으면 눈사람은 의젓한 시골 영감이 된다.

한쪽에선 눈싸움이 시작된다. 주먹만 한 눈덩이가 왔다 갔다 하늘을 난다. 잘못 맞은 아이는 코에서 빨간 손님이 주르륵. 그걸 본 철이네 엄마가 달려와 고개를 하늘로 쳐들게 하고 이마를 손바닥으로 탁탁 친다. 그것으로 순간에 응급조치는 끝난다. 그러나 우리들의 눈싸움은 그칠 줄도 모른다. 배고픈 줄도 모르고 손이 꽁, 발이 꽁 아무래도 좋았다.

내 어릴 적 만난 눈은 이렇게 씩씩하고 옹골찼다고나 할까? 어느덧 세월이 흘러 사춘기가 무르익어갈 무렵 함박눈을 펑

펑 맞으며 전해주는 집배원 아저씨의 편지. 아무 멋모르고 받아보는 연분홍 사연들 가슴이 두근두근 눈덩이만큼 부풀었다. 밤이면 희미한 등잔불 밑에 회답을 쓴다고 스무 날밤 달이 뜰 때까지 펜촉을 휘졌는다.

덕분에 월남 장병 엽서는 많이 받아보았다. 눈이 없는 남쪽 나라에서, 고국의 향수를 그리며 흰 눈 내려 덮힌 천지의 세계를 상상하며 편지로 엮어 보낸 어느 병사의 글은 아무리 보아도 싫증이 나지 않아 지금도 좋은 추억으로 간직하고 있다.

그 속에는 아오자이를 걸친 베트남 여인네의 코스모스 같은 아리따운 몸매며 타작하는 그곳 농촌의 풍경은 우리네 옛날 시골 모습과 흡사했다.

이젠 다 지나가 버린 구름 같은 세월. 그때의 추억을 무엇으로 건져볼까. 조리로 건져볼까. 주걱으로 건져 볼까.

이젠 텔레비전 속에서나 펼쳐지는 나의 의미 있는 막연한 눈 구경은 나의 연륜과 세월의 변천함을 실감케 한다. 눈은 잔잔한 음악 소리 같으면서도 반면 큰 사건이나 난 것처럼 강한 이미지를 준다.

그러나 지금 나에겐 눈은 눈일뿐 아무 감각의 색깔이 없다. 그렇게 방향 감각을 잃은 지도 육 년이 흘렀다. 아픔의 길 가서는 안되는 길이기에 마음 판에 이미 선을 그었다. 그래도 간간이 물안개처럼 마음에 스멀스멀 찾아드는 것은 살아 있다는 유연함과 어떤 따스함 때문일까?

겨울은 끝났다

　모처럼 쉬는 목요일이다. 오늘은 복지관에 가지 않아 왠지 마음 한구석이 휑해 덕천 로터리로 내려갔다. 문구점에 들어가 수성 볼펜 하나를 사니, 의외로 천 원이 주는 가치에 뿌듯했다. 수성 볼펜 700원, 모나미가 250원 그리고 거스름 50원도 주머니에 넣었다. 얼마나 천 원이 주는 큰 횡잰가, 아직까지 천 원이 주는 가치는 죽지 않았다고 생각하며, 은행에 들렀다. 청구서를 작성하면서 앞뒤 나오는 수성 볼펜을 꺼내 보았다.

　"참, 편리한 세상이지! 볼펜 하나에도 많은 정성을 기울여 한쪽은 연하게 한쪽은 진하게 잉크가 나온다. 용도에 따라 글을 쓸 때는 연 한색으로 벽보나 우편물을 쓸 때는 진한색으로, 어쩜 엷고 진한 삶의 한 장면을 보는 것 같다. 그것을 산 용도는 방을 써 붙이기 위해서다. 프린트기를 사용하지 않고 수작업으로 4등분 해서, 필요한 사항을 오밀조밀하게 적어, 풀을 붙여 아날로그 시절을 사용하고 있다. 그건 에이포 용지를 통째로는 붙일 공간이 사라져서, 틈새 공간을 사용해야 하기 때문이다.

벽보를 붙일 곳이 만만치 않다. 공식 벽보판마저 구청에서 철거 해 갔기 때문이다. 군더더기 없이 거리가 말끔해서 좋긴 하지만 너무 생활의 공간을 빼앗긴 느낌이다. 빼앗긴 들의 황량함, 이런저런 생각들이 머리를 무겁게 한다.

어느 날 집으로 오는 길에 벽보판이며 헌옷수거함을 철거하는 것을 목격했다. 마침 행인을 만나 그 상황을 지켜보다, 그곳으로 같이 갔다. 궁금함이 먼저 말을 걸었다. "아저씨! '왜 이것들을 다 철거하는데요? "우린들 어떻게 아오. 구청에서 시키는 대로 합니다. 뭐, 민원이 들어오고 요즘은 또 인터넷으로 부동산이며 모든 광고가 대세라는 것이다.

그래도 약간은 촌스럽고 수더분한 곳이 존재하는 것이 서민들에겐 더 살만한 세상일 것 같다. 집을 통째로 내 놓을 때는 부동산을 이용하지만, 자잘한 피라미들은 큰형님처럼 늘 버티고 서있는 벽보판을 의지하고 사용하는 것은 동네 주민들의 정보를 쉽고 편리하게 얻는 일상처럼 돼있었다.

그곳을 오가며 많은 정보를 얻고, 눈요기를 하며 고개마다 몸과 마음을 쉬어 가는 것이 작은 찻집에 들르기라도 하듯이, 마음의 풍요와 휴식을 느끼고 가는 곳인데, 이제는 각박한 세상 발걸음 하나 어데 붙일 때 없는 너무 맑고 외로운 세상이 되어 버렸다.

누구는 대가를 받고 떼고, 누구는 삶의 소용돌이를 헤쳐 나가기 위해 붙이고, 붙이고 떼고 하는 실랑이 같은 반복 속에 이런 각박한 세상이 되었으리라. 그래도 공식 벽보만은 그대

로 유지해 놓는 게 주민들에게 봉사하는

그것이 아닐까? 작은 것 하나라도 일일이 먼 부동산을 찾아다녀야 한다는 번거로움이 뇌리를 꽉 채운다.

그동안 봉사해 오던 복지시설에 초창기보다는 경로대학생 수도 줄고 봉사자도 줄고 해서 올해부터는 종합반으로 운영을 한다. 1부 순서를 마치면 2부 순서로 각 학과로 돌아가서 수업을 한다. 그중 나는 한글 반을 맡아 7년 가까이 목요일마다 한 시간도 거르지 않고 학사일정을 채워 주었다.

그 봉사활동이 가져다준 혜택은 뿌린 만큼 거둔다는 진리를 체득하며, 나에게 많은 것들을 성장케 했고, 학생들은 문맹의 터널을 벗어나게 했다. 이름정도 알고 오는 학생, 쓰기도 읽기도 더듬더듬, 그래도 세상 사는 이치는 일품이었던 그들, 어려운 시절에 살아온 사람들이라, 의외로 한글에 익숙하지 못한 어르신들이 "참 많았다. ㄱㄴ에서부터 짧은 글짓기, 일기 쓰기, 은행 이용하는 방법, 산수, 편지쓰기까지 어느 정도 세상에 나가서 소통할 정도는 배우고 나갔다.

학생들이 교실에 들어와 책상에 앉으면 너나없이 유년 시절로 돌아간 듯하다. 그럴 때면 '고향의 봄'을 신나게 손뼉을 치며 부르게 한다. 초등학교를 나오지 못한 그들이기에 여러 가지를 끌고 와서 초등학교의 경험을 하게 해 주었다. 그 재미로 결석하지 않고 오는 학생도 있었다. 오늘 다 쓰고 읽어도 다음 주에 오면 망각의 지우개로 다 지우고 온다. 녹슬은 기찻길처럼 그 들의 머릿속은 노화의 녹이 슬어있었다. 그 녹

을 닦아주고, 위로해 주는 것 또한 밝은 미소와 따뜻한 마음
의 자세로 그들에게 임해야 했다.

성실하게 숙제를 잘 해오는 학생이 있는가 하면, 목요일 책
상에 막 앉아서야, '숙제 검사한다면, "아이고! 이제 생각이
나네. 깜빡 잊었구먼,"

'숙제 안 해 왔으면 벌을 서야 해요. 손들고 일어서세요. 그
럴 때면 손을 번쩍 드는 척하다가. 서로가 깔깔 웃고 만다. 종
합반으로 영역을 넓힌 한글 반은 시 낭송과 한글에 대한 강의
쪽으로 수강 형식을 바꾸었다. 그들도 다른 공부를 하고 나도
다른 형식으로 그들을 만나고 가르쳐야 한다.

겨울은 끝났다. 겨울을 털고 일어난 대지 위에는 벚꽃들이
상춘객들과 봄꽃 잔치를 벌여놓고 놀러 오라고 야단들이다.
그 곱고 화사하고 아름다운 연분홍 시절도 다음 계절을 위해
옷매무새를 매만진다. 잔칫상처럼 이방 저방, 큰집 작은집,
아파트 빌라, 맛있게 차려놓았던 정보의 벽보판도, 변화의 물
결 속에 설거지를 마쳤다. 한글반 학생들과의 수많은 만남과
이야기도 웅성웅성하게 타오르던 촛불 잔치도 수더분하게 타
오르던 모닥불 잔치도 떠나는 세월 속에서 추억의 교실 한 칸
지어놓고 송별의 잔칫상을 차린다.

거울을 보면서

　먼 옛날 거울이 없던 시절의 사람들은 얼굴이나 모습을 보려면 놋쇠 그릇이나 우물에서 자기 모습을 비춰 보았다고 한다. 그래서 큰 우물가에는 언제나 사람들이 그치지를 않았다고 하니 시방 생각하면 전설의 고향과 같은 얘기일 뿐이다.
　거울이 생긴 이후
　『하루는 어떤 농부가 장에서 이상한 물건 하나를 발견했다. 둥그렇게 손잡이가 달린 것인데 뭐가 으리으리하고 무엇이든 갖다 대기만 하면 다 비취는 것이다.
　"옳거니 저놈이 바로 색경이라고 했지!"
　농부는 그 물건이 어떻게나 신기하고 좋은지 냉큼 하나를 사서 보따리에 싸고 집으로 돌아왔다.
　"마누라 마누라 여보게 이거 좀 보오!"
　저녁을 짓다 말고 황급히 방으로 들어온 마누라는 그 물건을 보자마자 까무러치게 놀라 경색을 했다.
　"아니.. 이제 이 영감이 어데서 이렇게 앙살 맞은 여편네를 다 사 왔구먼그래."
　야단법석을 치는 바람에 결국 선물로 사 온 그 색경은 농부의 첩으로 오인 받아 마당 위에 산산조각으로 깨뜨려 졌다.』
는 우스꽝스런 옛 얘기가 문득 머리에 스쳐 지나간다.

봄볕이 온 대지를 따뜻하게 데우는 어느 봄날 외출을 하기
위해 난 화장대 앞에 다소곳이 앉는다. 밑 화장을 하고 난 뒤
스킨 커버로 얼굴을 토닥거려 본다. 그래도 내키지 않아 이것
저것 도화지 위에 그림을 그리듯 색조 화장을 넣어 본다. 폼
이 안 난다. 나도 이제는 늙어 가는 것일까?

어머니와 언니가 그렇게 인생행로를 지나가듯 이제는 나의
차례인가 보다! "아직은 마흔아홉이라는"어느 책 제목이 실감
나는 지금 거울 앞에 빤히 앉아 눈가의 잔주름을 의식하며 나
도 모르는 외로움에 사로잡힌다.

세월의 강 한참 넘어 그때는 참 좋았었는데 이제는 내 문전
에도 저녁노을이 스멀스멀 물들어 오고 있다. 여름 나무엔 새
도 많이 앉던데 가을 나무엔 새도 별 찾지 않아 간간이 날아
오는 새는 버티기 힘들 짐일 뿐이지….

째깍째깍 시간이 흐른다. 훠이 훠이 세월이 흐른다. 30여
년 전 옆집 선희 언니가, 투덜대는 거울 속에 밀려오는 밀물
처럼, 문득 떠오른다. 나보다 세 살 위인 언니는 6·25 때 아
버지를 여의고 엄마는 재혼하고 호랑이 같은 할머니 슬하에서
자랐다.

언니는 지금 생각해 보면 참…! 성품이 후덕했다. 얼굴도
몸도 키도 마음도 다 크고 넓었다. 그래서 따르는 사람이 많
았다. 그중 나 역시 언니가 24살 시집을 갈 때까지 길동무 말

동무가 되어 잘 따라다녔다. 어렸을 때 별 말수가 없는 나는 쾌활하고 명랑한 언니가 참 좋았기 때문이다. 그런 나를 믿고 언니는 밤마실을 돌 때면 으레껏 나를 동행시키려고 한다. 호랑이 할머니에게 허락받으려면 내가 동행을 해 주어야 외출증이 발급되므로 기회만 오면 우리 집을 향해 진아! 진아! 하고 불러댄다. 그건 호랑이 할머니를 비켜 가는 대단한 지혜요 발상이었다.

옥녀봉 아지랑이가 아른아른 봄볕에 타는 사월 어느 화창한 봄날 난 언니 집으로 마실을 갔다. 언니 집은 위아래 초가가 두 채 마당은 긴 사각형 위채에는 노 할머니 행랑채에는 젊은 할머니가 기거하시고 끄트머리 모방은 언니 방이어서 비 오는 날이나 밤시간에는 우리들의 아지트로서 십자수를 놓으면서 이야기꽃을 피우기에는 그저 그만이다.

울 넖으로는 동백나무가 진을 치고 특히 노란 여름 국화가 기린처럼 목을 길게 빼고 봉울 봉울 피는 여름이면 장관을 이룬다. 언니와 나는 툇마루에서 점심으로 먹다 남은 고구마와 늙은 호박 속처럼 붉게 곰삭은 총각김치에 손이 왔다 갔다 하면서 이런저런 얘기를 나누던 중… 갑자기 마당 저 만쯤 후레쉬를 터뜨리는 알 수 없는 섬광이 번뜩거리며 뭔가가 토끼처럼 껑충껑충 뛰어다니는 것이다. 그 빛을 따라 내 눈도 저 높은 산을 향해 같이 따라 달렸다. 뒷동산 높고 큰 바위 위에 어떤 사람의 형태가 보였다. 높은 산 정상을 정복한 어느 산악인의 기백이었을까? 그건 정녕 어떤 남자의 모습이있다.

높이 든 두 손에 작은 포켓용 거울을 들고 태양을 반사해 언니 집 마당으로 그 엄청난 섬광을 전달하는 것이다. 난 처음엔 어떤 영문인 줄 모르고 한참을 헤맸다 알고 보니 무언으로 전하는 언니와의 사랑의 메시지였다.

광주 J 의대에 다니는 그 청년은 주말이면 가끔 고향을 찾는다. 언니 역시 이따금 그 산으로 나더러 산나물을 캐러 가자고 제의를 해온다. 그런데 그 산과 언니 집 사이에 그런 핑크빛 광채가 왕래했다는 건 나 외엔 아무도 모를 수수께끼다. 결국 언니와 그 청년과의 사랑은 아픔으로 끝났지만.

그 작은 거울 속에 언니와의 잊지 못할 아름다운 추억은 내 어린 소녀의 푸른 거울 속에 지금도 아련히 비춰오고 있다.

카이스트는요

열차가 대전에 도착하니 오전이 다 지나가고 있었다. 초청장에 적혀있는 814번 버스 역에 서있는 오밀조밀한 안내판에서 그중 내가 찾는 유성구가 눈에 들어왔다. 버스 정류소를 물어물어 걷고 있다. 이리 가면 저리 가라고 저리 가면 이리 가라고 초여름을 쓸고 가는 정처 없는 발길이다.

이따금 정류소에 따라 세워둔 팻말, 아무리 봐도 814번은 역 근처에 없었다. 순간 부산의 버스 정류소는 이렇지 않던데 이곳도 광역시는 분명하거늘 어쩜 이렇게 불편하게 만들어 놓았을까. 벌써 초여름 땡볕이 내리쬐는 거리를 한참 걸으면서 푸념 아닌 푸념을 내뱉었다.

집 떠나 몇 발짝만 나서면 고생이라더니 옛말 틀린 게 하나도 없었다. 거의 버스 한 코스 정도의 혼란 끝에 맨 끝 후미진 곳에 서 있는 그 번호를 찾아냈다. 고향 친구를 만난 듯, 사막의 오아시스를 찾았구나 했는데, 또 기다림의 신기루가 앞을 가렸다. 그곳을 가는 버스는 한 시간을 넘게 기다려야 한다는 것이다.

이럴 줄 알았으면 처음부터 택시를 먼저 잡아타는 것인데,

후회가 솜사탕처럼 부풀어 올랐다. 공연히 가깝다는 말만 믿고 계획을 잘 못 짜서 이 고생을 하는 것 같다.

두 시에 예식이 있다는데 벌써 전전긍긍으로 한 시간을 까먹었다. 뇌리 한쪽에서 이러면 안 된다고 용단을 내렸다. 택시를 타고 가자고, 손을 들어 택시를 잡아타고 목적지를 기사에게 전했다.

어디까지 가십니까?

-과기원 요. "네?

-과학 기술원 요. "네?

-카이스트, 아! 예.

그때야 목적지 이름이 확실하다는 것을 알아차렸는지, 택시 기사는 핸들을 꺾었다.

" 참, 이상도 하지, 과학 기술원은 분명 대전 안에 있는데 모르는 사람이 더러 있는 것 같다. 그것도 기사가 빨리 숙지하지 못한다는 건 답답한 현실이다. 아마도 타지방 기사인가 보다고 생각을 돌렸다.

택시는 주말의 교통 혼잡 때문인지 달리는 시간 보다 멈춘 시간이 더 많았다. 택시에 오르기 전 대충 거리 요금은 얼마라고 들었지만, 그래도 미터기 숫자가 바뀔 때마다 마음의 미터기도 바뀌어 갔다. 심장에 울렁 병이 있는 사람은 주식과 택시는 타지 말라고 했던가,

오래전 포항제철과 한국전력이 주식시장에 나올 때, 유행을 따라 나팔바지를 갈아입은 것처럼 그때 나도 멋모르고 유

행 따라 주식시장에 새내기 발을 디딘 적이 있다. 겨우 10장을 배당받고, 큰돈을 벌어들일 것 같은 들뜬 기분, 그것도 보험사에서 대출받아 샀던 어설픈 기억, 그걸로 인연이 되어 주식 매장을 잠시 드나들었고. 주식의 생리에 따라 파란불 빨간불의 희비를 맛볼 수 있었다. 그 열 장의 주식을 배당 받기 위해 늘어선 순진한 행 열들 은행 문지방에서 한 길 어디까지 인파가 늘어섰다. 저 사람들도 떠가는 구름에 희망을 건 바람이었을까, 그때 주식 전광판의 빨간불 파란불의 의미는 살아오면서 일찍 체험케 해준 고마운 신호등으로 느껴진다.

택시미터기는 마디마디 뛰고 있다. 내 마음의 미터기도 얼마나 올라가나 싶어, 빨간불 파랑불로 뛰고 있다. "이제 다 왔어요. 저 보이는 곳이 카이스트입니다. 친절이 섞인 운전사의 목소리를 뒤로 하고 목적지에 내렸다.

사방이 끝이 없는 지평선에는 늦봄의 꽃향기가 신부의 하얀 드레스처럼 풀밭에 사분이 깔리고, 어느 서부 영화에서나 봄 직한 넓은 대지 위엔 큼직큼직한 건물들이 드문드문 서있었다.

정문을 들어섰다. 정복을 입은 경비원이 안내하고 있었다.

잔디밭을 한참 걸어 들어가니 오늘 신랑·신부를 맞이할 붉은 카펫과 오색 풍선으로 단장한 야외예식장이 연출되어 있었다. 서울에 사는 고향 동창의 딸이 오늘의 주인공, 이곳 과기대학 출신인데 신랑도 같은 동문이란다. 미국에서 거주하다. 결혼식장을 이곳으로 정했다고 한다. 덕분에 동창들도 많이 만나고. 와보기 어려운 이곳까지 구경하게 되어 기분이 박하사탕같이 환한 하루였다.

　예식을 마치고 구내식당에서 갈비탕 한 그릇을 따끈하게 나눠 먹으며, 어느덧 우리들의 자리가 어디에 앉아있을 나이인지 무거워진다. 예식장의 주인공이 아닌 예식장의 혼주가 되어버린 세월 앞에 잠시 머리가 숙연해진다. 대전에서 근무하는 동창이 사준 기차표를 들고 하행선 열차에 몸을 실었다. 차창 밖으론 하루의 일상과 언제 만날 줄 모르는 얼굴들이 하나하나 가로수 사이로 지나가고 있다.

천안 아산 가는 날

네! 새벽 6시 차는 활동하기에 너무 이르고 원래 약속한 28일 아침 9시까지 구포역으로 오이소. 새마을호가 우릴 기다릴게요.

그럼 두 분 그날 봅시다. 차표를 사기 위해 길게 줄을 서고 차례가 되어 나는 매표 하는 역무원에게 아산에서 제일 빠르게 가는 길을 선택해 주세요.라고 했다,아니나 다를까 동대구역을 경유해 가는 새마을호 ktx로 갈아타면 빠르다고 했다. 원래대로라면 천안역에 가서 환승해야 하는데,,, 그래도 한 시간은 빨리 가는 길이다. 10월 28일 오전 9시 30분 새마을호에 일행은 몸을 실었다. 코로나 시절 처음 타 보는 열차다.

열차 안은 한 줄로 드문드문 앉아 있고 어쩌다 동반한 자리도 보인다. 천정 스피커에서 가느다랬고 고운 여자 안내양 음성이 흘러나온다. "옆 사람과 대화 하지 말고 음식물도 섭취하면 안 되고 휴대 전화는 출입구로 나가서 조용히 사용하라고 하였다." 철저한 방역이 엿보였다.

뉴스에서 보고 듣던 대로다. 우선 조용해서 좋긴 하나 사람 사는 냄새는 나지 않았다. 이게 바로 코로나가 몰고 온 인심인가, 어서 이 어둡고 삭막한 세상이 지나가기를 기원했다. 잠시 침묵으로 얼마를 달려 동대구역에 도착했다. 하차해서 출구를 나가고 열차가 참게처럼 옆치기하면서 경북에서 충남을 향해 옆으로 달려갔다. 목적지에 내리니 그녀가 차를 몰고 와 일행을 기다리고 있었다. 3번 출구로 나와 있어야 하는데 택시 전용 도로로 멋모르고 나와서 좀 복잡했다. 처음 길이라 어쩔 수 없는 일, 서로가 웃고 반갑다고 인사를 하며 먼 길 오시느라 고생했다고,,, 서로가 반갑고 반가운 시간이었다.

부산에 살 때는 30평형대인데 이곳으로 이사를 오면서 집을 확 넓혀 40평형대로 왔다. 한마디로 우리가 이곳까지 집들이하러 온 셈이다. 대문을 들어서니 긴 현관을 따라 큰 거실이 펼쳐지고 이쪽저쪽 테라스 화분도 운치가 있고 아기자기한 실내가 눈에 들어왔다.

그녀의 통 큰 성격처럼 널찍한 집으로 이사를 왔다. 그녀를 처음 만난 건 문학 공부를 시작하면서 동서대학교 문학 아카데미서부터다. 그곳에서 우정을 키웠고 시와 수필도 키웠다. 지금은 고인이 된 유 선생님의 문하생들이다. 그곳에서 하룻밤을 묵고 다음 날은 그녀의 차를 타고 천안에 있는 유관순 기념관과 독립관을 견학했다. 유관순 기념관 방명록에 한 줄 서명을 쓰고 나와서 조금 떨어져 있는 독립관에 들어서니 온 뜰이 태극기로 펄럭인다.

아! 이 많은 태극기 ,,,

그때 그 시절 우리 선조들이 얼마나 대한 독립 만세를 외치며 흔들고 싶었던 태극기인가. 나는 오늘 이곳에 와서 이 많고 많은 태극기가 꽂힌 독립관 뜰에서 감격한 심정으로 잠시 묵념하며 실컷 마음에 태극기를 흔들고 간다. 일행은 작은 식당에 들러 소박하게 차린 맛있는 식사를 하고 오랜만에 만난 우리는 그녀의 집에서 추억 주머니 몇 개 털어놓고 하룻밤을 도란도란 지새우고 왔다.

다시 아산을 떠나기 위해 ktx 역으로 간다. 늦가을의 가로수 나뭇가지에는 간간히 낙엽을 떨어뜨리며 잘 가라고 손을 흔들어 주는 것 같았다.

배웅하는 손에는 천안 호두빵을 들고 와 쥐여 주었다. 1박2일의 즐겁고 의미 있는 일정을 마치고 천안 아산에 온 추억과 함께 열차는 우리를 싣고 떠났다.

아이를 키우면서

　자연이 계절마다 새로운 것으로 바뀌듯이 아이들도 자라는 과정에서 많은 변화를 주었다.

　때로는 보물단지 때로는 애물단지로, 한 나무에 열린 열매들도 아랭이 자랭이가 있다고 하더니 두 아이 역시 각기 각자다.

　큰 아이는 장래 희망을 말하라면, 법관이고 작은 아이는 연예인이 되고 싶단다. 성격 또한 큰아이는 차분하면서 범생이 타입인데 작은아이는 밝고 쾌활하다. 밖에 나가서 딱지치기나 병뚜껑 구슬치기를 하면 형은 아름아름 따 오는 편이면 동생은 그 따다가 쌓아놓은 것을 살짝 살짝 가져나가서 잃고 오는 편이다. 잃고 와도 제가 모아 놓은 게 아니라서 별 아까워하지 않는다. 그래서인지 형이 친구들과 놀러갈 때는 동생을 따돌린단다. 따라가려고 징 징대고 좇아가면 냉정하게 달아나버린단다. 그래도 형제는 별 티격 거리지 않고 사이좋게 잘 놀아 주었다.

　공부하는 방법도 각양각색이다. 큰아이의 방법은 꾸준하다면 둘째는 시험 날짜가 정해져야 그저 벼락치기다. 때론 하얀

밤을 지새며 철야를 할때면 행여 건강이라도 헤칠까봐 나는 당황해 어쩔 줄을 모른다.

아이가 이렇게 벼락치기라도 열심히 하게 된 것은 그냥 그렇게 된 것이 아니다. 문제는 16비트 컴퓨터를 32비트로 바꿔 달라는 요구가 있고서 부터다. 자나 깨나 새 컴퓨터를 희망하는 아이에게 선뜻 바꿔 줄 능력도 없고 해서 나는 순간 꾀를 짜냈다.

그래 좋아!

32비트를 사주는 대신 엄마도 한 가지 요구사항이 있다. "엄마 그건 뭔데 요? 바로 내기를 하는 거야. 세상에 어디 공짜가 있겠니.

몇 년 전 16비트 저 놈도 엄마 아빠가 큰 맘 먹고 2천 년대 나라의 주인공이 될 너희들의 무지함을 일깨워 주기 위해 힘들게 사 준건데, 이젠 뭐 유행이 지났네 기능이 다양치 못하느니 칼라가 아니다니 친구 누구누구네는 샀다는 둥, 둘째의 성화가 보통이 아니다. 오로지 자나 깨나 그 생각에 사로 잡혀 각가지 최신형 팜프렛을 가져와 날 유혹한다.

결국은 성화에 못 이겨 둘째와 나는 서로가 감당하기 어려운 약속을 하고 당기기로 했다.

아이는 반 안에서 3등 안에 들고 평균 90점 이상일 때 32비트를 사 주기 로 시상을 걸었다.(중1때반에서 10등을왔다갔다 했음) 그냥 아이에게 공부하라하라 하면, 부담이 될 것 같고 별 흥미를 못 느끼는 깃 같이 1등이 되라는 것보다 열심을

돋구워 주기 위해서 한 작전인데, 의외로 아이는 천진난만한 심성으로 순풍에 돛을 달듯 그 목적을 달성하기 위해 열심히 뛰어 주었다.

그래서 학년 말부터 잠을 설치고 공부를 하기시작 하더니 평균 80점 이상 타 내는 우량상을 받아오기 시작 하면서 마침내 성적이 매월 자연스럽게 향상되어 갔다. 나는 은근히 놀라움을 금치 못했다. 아이가 3학년이 된 지금 책상 위 벽에는 우량 상장이 줄줄이 붙어 있다. 그리고 10등 안에 드는 우등생이 되었다.

둘째에게 조금 미안한건 90점 이상을 따오지 못했다는 이유로 아이의 수고는 아량곳 없이 컴퓨터는 아직도 16비트다. (만약 되면 월부라도 사주리라) 그리고 아이를 통하여 하면 된다는 것을 절실히 느꼈으며 또한 아이들을 키우면서 감지하고 느낀 것은 어떤 물질보다도 자기들 개성에 맞게 꿈과 용기를 잘 키워 북돋아 주는 게 엄마의 힘이 아닐까.

새 천년이 된 지금 컴퓨터에 대한 아릿한 추억의 커서들이 강 건너 희미 한 불빛처럼 깜박인다. 이제는 책상마다 최신형 컴퓨터가 성장한 아이들과 함께 각자의 임무들을 잘 감당하고 있다.

덤불 속의 호박

오밀조밀한 땅에서 철마다 채소를 거둬들인다. 어떤 노파는 자기 땅을 사 고 측량해서 재산세라도 내는지 말뚝을 박고 그물을 치고 허접한 목재들을 주어다 대문을 달고 자물쇠까지 채운다. 그래서 심고 싶은 거 다 심고, 하고 싶은 거 다 해 놓고 바라보기만 해도 밭 짓는 재미가 제법 쏠쏠하다.

하루 이틀도 아니고 그 광경을 계속 눈요기 하다 보니 나도 살그머니 텃 밭에 대한 입맛이 당기기 시작했다. 우물 안의 개구리처럼 베란다에 놓인 화분 몇 개가 고작 나의 텃밭이었는데 그것이 전부라고 붙들고 살았는데 이제 나에게도 바람이 불기 시작했다. 마당을 나온 암탉처럼 좁은 닭장을 박차고 나가고 싶었다. 넓은 대지를 달리고 싶었다.

그런 일이 있은 후로는 어디를 다니던 건성으로 다니지 않았다. 오로지 자투리땅을 감히 넘보는 것이다. 지질학자가 온천을 찾기 위해 지반을 점검하 듯 나도 자투리땅을 찾기 위해 곳곳마다 눈 점검을 하고 돌아다녔다. 풍수 가 찾는 명당자리는 명혈이 흐르는 땅이다. 내가 찾는 명당자리는 그저 아직 기경하지 않은 작은 묵전이다. 땅의 부자가 아닌 마음의 부자

땅을 찾는 것이다.

그래서 얻은 첫 번째 땅이 발 빠른 사람이 다 파고 남은 구석진 아무 쓸모없는 쓰레기가 난무해 있는 곳에 점을 찍었다. 점을 찍는다는 것은 내 것이라고 언약의 침을 바르는 행위라던가, 며칠을 손질 하고 정리하니 쓰레기로 별 볼품없던 곳이 검은 흙으로 다가왔다.

어깨 너머로 배운 새내기 농부는 차츰차츰 여러 떼기의 영역을 넓혔고 이제 나의 텃밭 체인점도 제법 많이 늘어났다. 어느 해 봄 쑥을 캐러 갔다가 묵전을 발견했다. 콜럼버스가 아메리카를 발견 하고 그렇게 기뻐했을까. 거기까지는 감히 못 따르더라도 그래도 꿈이 부풀기 시작했다. 억새 뿌리가 땅 속에 깊이 자리를 잡은걸 보니 몇 해는 묵혔지 싶었다. 그런데 저걸 일구자 면 나에겐 고역이다. 누가 시키지도 않은 일을 괜히 사서 난리법석이다. 무공해 채소 좀 먹자고 저 고생을 해야 하냐고 마음 한 쪽에서 내가 고시랑 거린다.

그런 생각은 순간이고 일단 땅을 파자는 생각이 앞장을 섰다. 누가 그랬던가. 손이 부지런한 사람은 산성에 가면 무공해 채소를 만날 수 있다고, 그래 무공해 + 흙이다. 흙은 생성의 힘이 있다. 생성은 희망이다. 무공해는 원초적 먹을거리다. 그 먹을거리를 위해서 땅을 파자. 그리고 고생도 파자. 농부의 마음도 이해하자. 심는 대로 거두는 흙의 정직성도 배우자. 흙을 만지다 엉 뚱한 생각에 잠겨든다. 언젠가 세상 소풍 끝나고 갈 때에 흙과 친화적 자매 간이 되지 않을까? 상수리

나뭇가지에서 새 한 마리 포르르 날아간다.

산성 버스에 몸을 싣고 애기소를 지나 꼬불꼬불 산골길을 가는 날이면 아무리 참참하던 심사도 풍선처럼 붕뜬다. 달콤한 공기 고운 새소리 산을 타고 내리는 계곡물 소리 허연 억새꽃 사이로 빨간 조끼에 등산복차림을 한 산 사내들의 세상 사는 이야기, 어지럽던 감정들은 어느새 산성의 맑은 공기로 말끔하게 바꾸어 놓는다. 사계절의 산야는 또 얼마나 아름다운가.

그곳은 텃밭이 아니라 휴양지다. 그러니 꿩 먹고 알 먹는 셈이다. 사람들은 주말 농장을 가꾼다고 떠들어 대던 시절 나도 덩달아 그들과 같이 춤췄는지도 모른다. 이런 휴양지를 얻게 된 것은 그저 호박이 넝쿨 채굴러온 내 사랑이 아니다. 흙을 밟는 발바닥의 편안한 감촉 그 감촉은 구겨진 마음까지 평정을 찾게 한다. 수번을 갈고 파고 심은 보상의 은혜지 싶다. 지난해 가을걷이를 하러 갔다가 가시덤불 속에 누런 바윗덩어리 같은 것이 하나 앉아 있었다. 살금살금 더듬어보니 호박한 덩이가 앉아 있지 않은가 얼마나 반가웠던지 어린 아이를 껴안듯 안아보고 만져보고, 옛날 밭을 파다가 금덩어리를 발견한 어떤 농부의 심정이 이랬을까.

여름 땡볕 속에서 얼굴 한 번 내밀지 않고 무성한 덤불속에 잉태되었다가 스산한 가을바람에 얼굴을 내밀고 만삭의 여인네처럼 누런 몸을 세상에 내민것이다. 덤불은 한 때 호박에게 땡볕과 비바람을 막아준 바람막이를 하는 보호자 놀이를 톡톡

히 해냈지 싶다. 노란 호박꽃 속에 벌이 왕래 하던 날 나의 덤불 속에는 두 아들이 성장하고 있다. 아직은 무성한 덤불 속에서 험한 세상 풍파 모르고 보호 받고 있지만 나의 덤불이 마른 잎을 떨어 낼 때 그들은 익은 호박이 되어 세상 밖으로 나가 제 몫에 태워진 짐을 잘 지고 가리라고 먼 산을 힐금 바라본다.

덤불은 호박을 담은 큰 그릇이었다. 나도 두 아들에게 무성한 덤불이고자 한다.

  남쪽 바다 금오도의 빛과 바람은 윤혜진 작가의 가장 오래된 문장이었다. 아직 말보다 침묵에 가까웠던 어린 시절, 작가는 그 바다의 리듬에 맞추어 계절의 변화를 배웠고 파도와 갯바람이 건네주는 묵음 같은 가르침 속에서 작은 존재가 세계를 받아들이는 방식을 터득해 갔다. 그곳에서의 시간은 작가로서의 삶의 첫 장을 열어준 말보다 선명한 학교였다.

  섬을 떠나 도시로 옮겼다. 세월은 속도를 다르게 가져왔고 사람이 많아질수록 마음이 비어가는 감정을 배웠다. 그러나 어느 곳에 있든 여전히 한 사람의 삶이 가진 가장 작은 떨림을 놓치지 않으려 했다. 옥상에서 돌보던 식물들 여름의 열기와 겨울의 바람에도 꿋꿋하던 작은 생명들은 도시에서 잃어버린 온기를 되찾게 해 주었고 그 잎사귀를 타고 스며드는 미세한 빛은 작가의 일상 결을 천천히 되살려 주었다.

  늦은 나이에 시작한 습작의 여정은 무엇 하나 쉽게 얻어지는 것이 없다는 것을 다시 확인하게 했다. 그러나 그 더딘 걸음 속에서 작가는 작가 자신을 조금씩 이해하게 되었고 삶이라는 것이

때로는 한 줄의 문장을 위해 오랜 세월을 기다리는 인내의 시간임을 알게 되었다. 뒤늦게 시작한 글쓰기였지만 그 뒤늦음이 오히려 단단하게 만들어 주었다. 삶의 비죽한 모서리들 속에서 가장 소중한 문장은 천천히 모습을 드러낸다는 사실을 그제야 깨달았다.

작가는 하루의 작은 결이 들려주는 미세한 울림을 놓치지 않으려 애쓰는 사람으로 서 있다. 바람이 지나간 자리의 숨결, 저녁 무렵의 빛이 방바닥에 떨어지는 모양, 손 닿는 곳에 남아 있던 누군가의 체온 같은 것들, 그 모든 것이 문장의 시작이 되고 지금도 나를 움직이게 하는 조용한 힘이 된다.

작가가 살아온 시간들, 그 안에서 건져 올린 감정과 생각들은 작가의 한 생을 버티게 한 토대였다. 그 토대 위에서 작가는 여전히 배우고, 여전히 쓰고 있으며 아직 끝나지 않은 나의 생의 다음 장을 준비하고 있다.

– 반달뜨는꽃섬 편집장 문홍주

어떤 봄날
윤혜진 산문집

인쇄 2025년 12월 11일

발행 2025년 12월 20일

발행인 이은선

발행처 반달뜨는 꽃섬 [서울시 송파구 삼전로 10길50, 203호]

연락처 010 2038 1112　　E-MAIL itokntok@naver.com

ⓒ 윤혜진, 저작권 저자 소유

ISBN 979-11-91604-65-8　 (03810)

* 본 도서는 2024년 **한국예술인복지재단** 창작 지원(디딤돌)으로 제작 되었습니다